JN132204

秘湯の未亡人女将

霧原一輝
Kazuki Kirihara

三交社 文庫

目次

※この作品は艶情文庫のために書き下ろされたものです。

第一章　残雪の宿

1

　ここは、東北の山間《やまあい》にひっそりと建つ秘湯温泉『残雪の宿』の一室——。

外にはまだところどころに、雪が残っている。

　地元の木材をふんだんに使った旅館の母屋から、明かりが洩《も》れて、庭の残雪を白く浮かびあがらせていた。

　明かりが洩れてくる八畳の和室で、ここの若女将《わかおかみ》である佐倉綾乃《さくらあやの》が正座して、亡き夫の母である佐倉政子《まさこ》の箴言《しんげん》を聞いている。

　客に対応していたままのストライプの小紋を身につけ、髪を結いあげた綾乃は、和服が似合う淑《しと》やかな美人だが、そのととのった顔が深く沈んでいる。

「あんたに任せたのが間違いだったね。美人若女将とちやほやされて、これという対策をこうじることができなかったお前が、無能だったんだよ。このままでは、広幸《ひろゆき》が浮かばれないね。広幸が建て直した旅館を潰《つぶ》してもいいんだね？」

女将の政子に叱責《しっせき》されて、綾乃はぐっと唇を噛《か》みしめる。

佐倉綾乃は現在、三十三歳。五年前に広幸と結婚し、若女将として修業をしつつ、広幸を妻としても支えて、傾きかけていた旅館を再建した。

が、好事魔多し――。

二年前に広幸が癌《がん》で急逝した。夫はアイデアマンで、しかも、精力的であり、旅館の中心人物を失った『残雪の宿』は迷走した。

本来なら、女将が陣頭指揮を取る。しかし、当時、政子が体調を崩していたこともあって、綾乃がすべてを任された。

綾乃は、番頭の寺前《てらまえ》と相談しながら懸命に旅館を切り盛りした。だが、一時の秘湯ブームが峠を越えたときであり、また、未曾有《みぞう》の大雨で旅館に通じる道が長い間、通行止めになったことも追い討ちをかけて、『残雪の宿』は急速に客を失った。

広幸が増設した三軒の離れの借金が、今は重くのしかかり、返済もままならない。

綾乃には、最愛の夫が建て直した旅館を、自分が低迷させていることが、何より耐えられなかった。どうにかしたい。しなければいけない。

だが、方策は見つからない。

「申し訳ありません。わたくしが至らなかったんです。申し訳ありません」

綾乃は額を畳に擦《こす》りつける。

「……ふん。わたしに謝ってもしょうがないんだよ。謝っている暇があるなら、対策を考えなさいな。ほんとうに、お前はただのお飾りなんだね。あんたが広幸と一緒になって、この旅館に入ってきたときから、眉唾《まゆつば》物だとにらんでいたんだよ。お前のような女狐《めぎつね》にまんまと騙《だま》された広幸が可哀相《かわいそう》でならないね」

政子がふんと鼻を鳴らした。

いつものことだった。政子は小さな頃から広幸を猫かわいがりしていたと聞く。もちろん、この旅館の跡継ぎをさせたいという期待感も大きかっただろう。

政子の夫が七年前に亡くなり、その後を継いで、広幸は三十六歳で、期待どおりにこの旅館の主《あるじ》となった。そして、この宿にひとり旅でやってきた綾乃を見初めた。

綾乃も広幸に一目惚《ひとめぼ》れしていた。つまり、二人は運命の出逢《であ》いをしたのだ。女将はかわいいひとり息子を綾乃に取られたという気持ちがあるのだろう。広幸の生前から、綾乃には冷たかった。

だが、綾乃がこの旅館の隆盛を保っていたら、女将の対応もまったく違うものになっただろう。自分が悪いのだ。

言い返せない自分が悔しい、情けない。

「いいから、頭をあげなさい。同情を引こうなんて、甘いんだよ」

綾乃が顔をあげると、政子が言った。

「今夜、古澤《ふるさわ》さまがお泊まりになっていらっしゃるのは、当然、把握しているはずだね?」

「はい、もちろん……」

「その古澤さまが、若女将に来てほしいそうだよ。話があるらしい」

えっ……と、綾乃は女将を見る。

「話と言いますと……」

「何だろうね。悪い話じゃないんじゃないか? 化粧を直して、一時間後に、『紅葉《もみじ》の間』に行きなさい。それと……その着物は地味すぎる。もう少し華やかで色っぽい着物がいいね。わたしがあげた、牡丹《ぼたん》の裾《すそ》模様の着物があっただろ?」

「はい……」

結婚して、若女将をすると決まったときに、義母から多くの着物をいただいた。

「あれを着ていきなさい。わかったね……いつまでここにいるんだよ。とっとと準備をしなさいよ」

「承知いたしました」

そう言って、綾乃は女将の部屋を出る。

（なぜ、着物を替えなければいけないのか？　それに、話って？）

あの口振りからして、女将は話の内容をある程度知っているような気がする。ならば、教えてくれてもいいはずだ。なのに……。

古澤聡《さとし》は四十五歳という若さで、実業家として成功をおさめている。

東北の地方都市に拠点をかまえて、経営コンサルトをはじめ、会社の合併、投資などを行って、県の財界では知らない者はいないほど幅を利かせている。ここにも財界の大物を連れて、度々訪れていた。

大切な客だった。

しかし、綾乃は彼を好きになれない。

ビジネスでも非情なマキャベリストとして有名だが、それ以上に、古澤の態度は人として尊敬できなかった。

仲居には横柄な態度を取る。それでいながら、ちょっときれいな仲居を見つけると、しつこく誘い、拒まれると、途端にパワハラまがいのことをする。綾乃に対しては、失礼な態度を取ることはない。だが、粘っこい視線を向けてくる。

広幸が亡くなってからはとくに、綾乃をいやらしい目で見る。そればかりか、何度も誘ってくる。

旅行に行かないかと誘われたこともあるし、芸者まがいにお酌をさせられたこともある。

お客さまを同行したときは、彼の面目を潰してはいけないと、綾乃も同席してお酌をし、話を合わせる。

若女将としてすることではないが、この借金さえ返せない状況では、古澤という大切な客を無下に扱うことはできなかった。

何かいやな予感がする。

綾乃は廊下を自分の部屋に向かって歩く。

浴衣《ゆかた》に半纏《はんてん》をはおった何人かの客とすれ違って、そのたびに、綾乃は微笑《ほほえ》みながら、頭をさげる。

調理室の前で、番頭の寺前五郎《ごろう》が誰《だれ》かを怒鳴りつけるような声が聞こえて、調理室に入っていくと、

「どうして間違えるかね？」

腕を組む寺前の前で、仲居の松井純子《まついじゅんこ》が深々と頭をさげている。

「どうしたんですか？」

事情を訊《き》く。

「純子がまたやらかしたんですよ。お膳《ぜん》を間違えて、違う客室に運んで……上のクラスのものだったから、お客さまには了解をしていただきましたが……」

寺前が白いものが混ざった太い眉をひそめる。

「すみません。途中までは覚えていたんですが、途中でお客さまに話しかけられて、対応している間にこんがらがってしまって……わたしがドジなんです。すみません」

純子がまた頭をさげる。

二十三歳で、仲居をはじめて一年が経過する。容姿はかわいく、愛嬌《あいきょう》があって客には人気がある。だが、迂闊《うかつ》なところがあって、なかなか直らない。

しかし、本人は一生懸命やっているのだから、それを責めても萎縮《いしゅく》するだけだ。

「自分で解決策を見つけなさい。何かにメモをするとか、記憶するために何かと関連づけるとか、いろいろとやり方はあるでしょう?」

「はい……考えます。すみませんでした」

「……料理長、お手を煩わせることになって、申し訳ありません」

綾乃は調理台の前で料理をしている小野寺誠一《おのでらせいいち》に向かって、頭をさげる。

「……ったく、純子にはお手あげだよ。こっちも腹をくくっているから、大丈夫だよ。大した手間じゃない」

小野寺が料理をしながら、ちらっと綾乃を見た。

地黒で精悍《せいかん》な顔つきをしている。

白い制服を着て、コックの帽子をかぶっている。三十八歳と調理長としては若いが、腕は確かだ。

夫がフランス料理店でシェフをしていた若い小野寺を見初めて、この旅館に引き抜いた。それ以来、小野寺はうちで腕をふるい、『残雪の宿』の料理は美味《おい》しいと評判を呼び、旅館が立ち直るキッカケになった。

だが、今は経費節減で、食材にも金をかけられず、そのことで小野寺が不満を抱いていることはわかっていた。それでも、つづけてくれているのは、綾乃と小野寺が強い絆《きずな》で結ばれているからだ。

「料理長、申し訳ありません」

「純子の教育を頼みますよ」

小野寺が笑う。

「承知しました。ほんとうに申し訳ありません」

綾乃は純子とともに頭をさげ、あとは番頭の寺前に任せて、部屋へと急いだ。

2

綾乃は部屋で着物を脱ぎ、長襦袢《ながじゅばん》姿で鏡台の前に座って、お化粧を直す。

最後に淡い色のルージュを引く。

亡夫の広幸が好きな色で、閨《ねや》をともにする際も、このルージュをつけると、広幸は燃えた。夫が亡くなっても、同じ口紅を使っている。

広幸は魅力的な旅館にするために、新しいことに挑戦しつづけていたが、閨の床でもそれは変わらなかった。

鏡台のすぐ横に、在りし日の広幸の顔写真が載っている。

（あなた、どうしたらいいの？　助けて……）

心のなかで語りかけるが、亡夫はやさしく微笑んでいるだけで、答えてくれない。

唇にルージュを塗っていると、広幸との激しい情事が身体《からだ》によみがえってくる。

結婚してからの五年間、夫は肉体的にも綾乃をとことん愛してくれた。

綾乃は広幸との情交で、自分の肉体が花開いていくのを感じていた。

亡夫のセックスは、自分を支配したいのではないか、と思うほど苛烈《かれつ》で、綾乃は夫の激情に身を任せることで、燃えあがった。

自分が女であることの悦《よろこ》びを、愛する男に支配される陶酔を、広幸に初めて教えてもらった。

長襦袢姿で後ろから貫かれながらも、何度も気を遣《や》った。

（苦しい、もう許して……）

何度もそう思った。だが、それを体験するほどに、味わっている苦しさが目眩《めくるめ》く快感へと変わっていった。

二人に子供ができなかったこともあっただろう。

広幸は貪欲《どんよく》でありつづけ、綾乃もそれに応《こた》えた。

そんなとき、いきなり、広幸があの世に旅立ったのだ。綾乃をひとり残して……。

（どうして……？　戻ってきてよ）

綾乃は両手を交錯させるようにして、胸のふくらみをつかんだ。

長襦袢越しにぎゅうと乳房を圧迫すると、じんわりとした悦びがひろがってきて、思わず太腿《ふともも》をよじり合わせていた。

「ぁあぁ、あなた……」

写真立ての亡夫に目をやり、視線を鏡に移す。

鏡台に、白い長襦袢を着た自分の姿が映っている。左右の乳房をつかみ、長襦袢からのぞく太腿を内側に寄せて、何かをせがむような目をしている。

（いやっ、何をしているの！）

我に返って、綾乃は立ちあがる。

女将から譲り受けた、裾に牡丹の散った着物をつける。

最初は着付けができなかったが、今では充分に自分で着られる。

確かに、女将が言うように、こちらの着物のほうが華やかで、男性は悦ぶだろう。

しかし、いくら大切な客とは言え、古澤のためにこれを着ることが悔しい。

そんな気持ちを押し殺して、綾乃は帯を締め、部屋を出た。


離れのひとつである『紅葉の間』で、綾乃は古澤にお酌をしつつ、雑談の相手をしていた。

この離れは広幸の代に三つ建てたもので、宿泊費は高いが、当時も今も富裕層が好んで泊まり、ここだけはいつも埋まっている。

綾乃も周囲の雑音が消えるこの離れは好きだ。

しかし、離れを建てる際の借金が、今の旅館には重くのしかかっている。

浴衣に半纏をはおった古澤が、床の間を背に胡座《あぐら》をかき、隣の綾乃がお酌をしたぐい呑《の》みをきゅっと豪快に空ける。

綾乃は焦《じ》れて、自分から訊いていた。

「あの……お話があるとうかがいましたが……」

「あるよ……その前に、若女将も呑めよ。こっちの徳利はまだ手がついていないから」

もうひとつの徳利から、地元の純米酒をぐい呑みに注《つ》がれて、綾乃はこぼれそうなぐい呑みに顔を寄せて、呑んだ。

いつもの酒とはちょっと味が違うような気がするが……。

日本酒も生き物だから、同じ銘柄でも、ときには味が微妙に違う。それが、お酒の面白いところだ。

空けると、すぐにまた古澤が注いでくれる。

「もう一杯……それを呑んだら、話すから」

古澤が見据えてくる。

古澤は四十五歳で、経営コンサルト会社の代表を務め、企業の合併やら投資でかなりあくどく金を稼いでいる。

その気性が顔にも出るのか、顎《あご》のエラが張っていて、それが貪欲さを思わせる。鼻も大きく、唇も分厚い。

落ち窪《くぼ》んだ細い目は抜け目なくいつも他人をうかがっていて、その用心深さが彼を成功者にしたのだろう。

綾乃はもともと酒に強い。このくらいでは、まず酔うことはない。

二杯目を空けて、お膳に置いた。

「さすが、いい呑みっぷりだ。惚れ直したよ」

「お話のほうを……」

「やけに急ぐな。そんなに、俺と一緒にいるのはいやか？　まあ、いい。いい話だぞ。この『残雪の宿』に資金援助を、と考えている」

「えっ……」

いきなりの申し出に、綾乃はびっくりしすぎて、唖然《あぜん》としてしまった。

「あんたもわかっているだろうが、融資という形にすると、そっちが何年か以内に返済しないといけない。それでは、今の状況と変わらんだろう？　あれだけの借金があるんだから」

古澤が、綾乃の足元を見るような傲慢《ごうまん》な顔をした。

綾乃はぎゅっと唇を噛む。

この男には今の旅館の経済的状況を把握されてしまっているようだ。

「だから、資金援助という形でその借金を肩代わりして、しかも、これからの運転資金も調達してやる。もちろん、経営にも口を挟ませてもらう。悪い話じゃないだろう？　どうだ？」

「はい……それはとてもありがたいお話です」

「ただし、条件がある……」

口許《くちもと》に笑みを浮かべた古澤の視線が、綾乃の身体を舐めるように這《は》った。

いやな予感がした。

「その条件とは……？」

「あんただよ」

「わたし、ですか？」

「ああ、あんただ。若女将、佐倉綾乃のことだよ……俺の女になれ。俺は結婚して娘もいるから、愛人だな。べつに、毎日家事をしろと言っているわけじゃない。俺も忙しい。ここに来るときに、夜のお供をしろ。たまには、お忍びで二人で旅行に行く。簡単なことだろ？」

「それは……できません」

「はっ？　本気で言っているのか？」

綾乃はうなずき、

「わたしは、借金の肩代わりに男に抱かれるつもりはありません」

きっぱりと言う。

「冷静になって考えてみな。今、ここは潰れかけている。このまま行けば、確実に倒産し、廃業に追い込まれる。それは若女将だってわかっているだろ？　あんただって、せっかく旦那《だんな》が建て直した旅館を、潰したくないだろ？　それが、あんたのいちばんの願いじゃないのか？」

古澤の言葉が、胸に突き刺さった。

（そうだ。そのとおり。しかし、だからと言って、男に抱かれるなどあり得ない）

「……わたしのこととは別に、うちに資金援助をしていただくことはできないでしょうか？」

「無理だな。この潰れそうな旅館に、誰が援助する？　誰も沈みかけた船には乗らないんだよ」

綾乃は押し黙る。

この現実が重くのしかかってくる。

（わたしが我慢してこの男に抱かれれば、旅館が救われる。だったら、目を瞑《つむ》って……）

しかし……。

「まあ、いい……考えておいてくれ。今日のところは話はこれで終わりだ。返事はあとでいい。もう少し、つきあってくれ」

古澤が意外とあっさり引きさがって、酒を勧めてくる。

すぐに退席しようかとも考えたが、たとえ断るにしても、心証を悪くしたくない。

お酌を受けて、呑んでいると、古澤が言った。

「綾乃さんだって、ご主人が亡くなって、もう二年が経つ。三回忌も終わったじゃないか」

二カ月前、夫の死の二年後の命日に、三回忌を開いた。そのときは、古澤も参列してくれて、ありがたいと思った。

「広幸さんは確かにいい人で、遣り手だった。しかし、もう亡くなったんだ。この世にはいないんだ。そろそろ忘れたらどうだ？　もう彼も三途《さんず》の川を渡っているだろう」

そう言って、古澤が綾乃に近づいてきた。

綾乃を後ろから抱きしめるようにして、

「この身体が男に抱かれたくて、寂しがっているんじゃないか？　寂しくて、ひとりでこっそりと慰めているだろう？　女将から聞いているぞ。綾乃さんはご主人とするときも、『あんあん』と人目も憚《はばか》らずに大声で喘《あえ》ぐから、廊下にも聞こえてしまって、困ったってな。好き者らしいな。こんなきれいな顔をしているのに……」

古澤につるっと耳元を舐《な》めあげられて、

「くっ……やめてください……人を呼びますよ」

綾乃が抵抗すると、

「それは困る」

広幸はあっさりと引きさがって、自分の席に戻った。

「あの……そろそろ……」

綾乃は席を立とうとする。

歩こうとしたところで、ふらついた。どうしたのだろうか？　目眩《めまい》がして、身体を支えていられない。

「疲れているようだね。いいぞ、そのまま眠って……大丈夫。何もしないから……眠ればいい」

広幸のやけに落ち着いた声が聞こえる。

周囲の気配が消えて、綾乃はスーッと深い眠りの底に落ちていった。

第二章　若女将の白い肌

1

（きれいだ……俺はずっとこの日を夢みていた）

古澤聡は目の前の光景を息を呑んで、凝視していた。

一組の布団が敷かれた寝室では、女将の政子が、ぐったりした綾乃の帯を解き、裾模様の流れる色っぽい着物を脱がしている。

政子の承諾を得て、酒に睡眠薬を混ぜて、綾乃に飲ませた。

すぐには効かなかったが、しばらくして、睡魔と戦っている綾乃の姿を見て、ぞくぞくしたものだ。

「長襦袢は脱がさなくて、いいんだね？」

政子が訊いてくる。

かつてはこの辺りきっての美人女将だったらしいが、大病を患《わずら》ってからぶくぶく太って、見る影もない。が、迫力だけはある。

「ああ、いいよ……若女将はパンティを穿《は》いていないんだろね？」

「わたしがそう教えたんだよ。着物の下にパンティをつけないほうが、色っぽくなるのさ。下着をつけていないって意識があって、自然に所作が淑やかになるんだよ」

「さすがだね、女将は……」

「常識だよ」

少し前に、女将である政子に、旅館の資金援助の件を持ち出した。ただし、その交換条件として、綾乃を愛人にしたいという話をした。

政子は、絶対に綾乃はその条件は受け入れられないだろうと言った。綾乃はまだ広幸のことを忘れられていないと言う。

『それに、あんたにはこれっぽっちも好意を抱いていない。むしろ、嫌われているんだよ』

政子の言葉を聞いて、古澤は逆に燃えた。

『こうしたら、どうだろう？　酒に強い睡眠薬を入れて、それを呑ませる。夢を見ている間に、拘束して、逃げられないようにして、犯すというのは……。途中で目を覚ますといけない。女将も手伝ってくれないか？』

そう提案した。しばらくして、政子はしょうがないね、と承諾した。

政子は今、綾乃の腕を背中にまわし、赤い帯揚げで後手にくくっている。

ぐったりした綾乃は、いまだ夢のなかで、白い光沢のある長襦袢の裾がはだけ、むっちりとした仄白《ほのじろ》い太腿が見えている。

「しかし、女将さんも大したタマだね。亡くなったとはいえ、息子の嫁にこんなことを……」

古澤は皮肉を込めて言う。

「自業自得だよ。広幸が元気なときから、この女が気に食わなかったんだ。美人若女将とちやほやされて。わたしから広幸を奪った憎い女なんだよ……。そんなことより、資金援助の件、ほんとうに実行してくれるんだろうね？　約束を守らなかったときは、このことを、ばらすからね。そうなったら、あんたも……」

政子が綾乃の上体越しに、怖い目でにらんでくる。

（まったく、どうしようもない女将だな。自分の責任もあるのに、すべて綾乃のせいにして）

そう思いながらも、政子の機嫌は損ねたくない。

「わかっていますよ。うちらは一蓮托生《いちれんたくしょう》ですから。きちんと契約しますから、安心してください……綾乃を布団に寝かせてもらえますか?」

呆《あき》れた気持ちを押し隠して、丁寧に言う。

政子は綾乃を布団に仰向けに寝かせる。

綾乃は睡眠薬が効いていて、目を閉じ、静かな寝息を立てている。

すでに髪は解かれていて、長い黒髪が扇のように枕《まくら》に散っている。

合わさった長い睫毛《まつげ》が美しい。和風の白雪姫のように眠る綾乃は、最高の獲物だった。

古澤は淡い色のルージュの光る唇にかるく接吻《せっぷん》し、キスをおろしていく。

白い長襦袢を持ちあげた胸のふくらみにキスしながら、揉《も》みあげる。想像以上にたわわな乳房が手のひらのなかでしなって、

「んんんっ……」

綾乃が眉間《みけん》に皺《しわ》を寄せて、呻《うめ》いた。

目を覚ましたら、覚ましたときだ。そのために、政子にいてもらっている。

猿ぐつわをしてもいいが、それでは、綾乃の恨みつらみの言葉が聞けなくなる。

長襦袢越しに乳房をつかみ、揉みしだいた。柔らかな肉層が弾み、乳首がそれとわかるほどに突き出してきた。

白い長襦袢越しに突起をつまんで、布地の上から舐める。

「んんっ……んんんんっ……」

と、綾乃は眉を八の字に折って、身体をよじる。

その、切なげな表情がたまらない。

亡夫に抱かれているときのことでも、夢に見ているのかもしれない。

目を覚ましたとき、どんな表情をするのだろうか？　女将が自分を売ったことを知って、きっと打ちのめされるだろう。その顔を見てみたい。

唾液《だえき》を吸った長襦袢が張りついて、淡い色とともに乳首が透け出していた。

（たまらんな……だが、その前に……）

古澤は用意しておいた、チューブ入りの媚薬《びやく》を取り出した。

半透明の容器には、現在、ラブグッズの開発がもっとも進んでいる米国製の媚薬が入っている。

すでに何人かに試してみたが、クリトリスや膣《ちつ》に塗ると、カッと火照《ほて》ってきて、強い疼《うず》きにみまわれるようだ。しかも、即効性がある。

「女将、足をつかんでいてくれ」

足を開いて、持ちあげ、膝《ひざ》を政子に持たせる。

やはり、パンティは穿いていなかった。

白い長襦袢がはだけて、むっちりとした太腿の奥に漆黒の翳《かげ》りが細長くととのえられている。

恥丘にビロードのような光沢を放つ繊毛がびっしりと集まり、その流れ込むあたりに、ふっくらとした、いかにも具合の良さそうな女の花園が息づいていた。

フリルのように波打つ左右の陰唇がぴったりと合わさって、口を閉じている。

周囲の繊毛がきれいに剃《そ》られていて、清潔感があり、そこがいかにも綾乃らしい。

（唇と同じで、こぶりだが肉厚で、モリマンだな。好きもののオマ×コだ。女将によれば、亡夫に突きまくられて、廊下に聞こえるような喘ぎ声を洩らしていたらしい。こんなお淑やかな顔をしているのに……）

浴衣の下で、イモチツがぐんぐん頭を擡《もた》げてくる。

このまま犯してもいいが、それではつまらない。

犯され、自分の意志を裏切って身体が反応してしまう――。

それが醍醐味《だいごみ》だ。そのためには、媚薬が必要だった。

花肉を濡《ぬ》らしておこうと、かるく舐めてみた。陰唇の狭間《はざま》に舌を走らせると、

「んんっ……んんんっ……」

綾乃はうなされているような声をあげて、腰を左右に揺する。閉じ合わさっていた肉びらが、舐めるにつれてひろがって、うっすらと内部の鮭紅《さけべに》色をのぞかせる。しかも、粘膜は妖《あや》しく濡れている。

古澤は顔をあげて、チューブから媚薬を取り出す。半透明の白いクリームを指に載せて、それを上方の突起に塗りつけてやる。

綾乃のクリトリスは小さく、縮こまっている。

だが、すぐにここがジンジンしてきて、それとわかるほどに勃起《ぼっき》してくるはずだ。

もう一度、今度は大量のクリームを指腹に出し、それを陰唇の狭間に塗り込んでいく。

柔らかく波打つ陰唇の縁は蘇芳《すおう》色に色づいていて、その濃い色が綾乃は現実を生きている女なのだという生々しい昂奮《こうふん》を伝えてくる。

左右の肉びらが押し広げられて、鮭紅色にぬめる内側に、半透明クリームが浸透していく。そこがいっそう濡れた感じになって、ねちゃ、ねちゃっと淫靡《いんび》な音がする。

わずかにとば口をのぞかせている膣口が、古澤を誘った。

この催淫クリームはなかの粘膜にすり込むと、効果絶大だと聞いている。

クリームまみれの中指を入口に当てて、力を込めると、そこがぐちゅっとほどけて、

「んっ……んんんんっ」

綾乃がわずかに顔をのけぞらせた。

（入ったな……おいおい、何だこれは？　ぐいぐい締めつけてくるじゃないか！）

まだそれほど濡れてはいない。だが、なかはひどく窮屈で、第二関節まで押し込んだ中指をぎゅ、ぎゅっと包み込んでくる。

（狭いな……こんなところに、俺のイチモツが入るのか？）

中指を前後に動かし、くるっと向きを変えて、粘膜に媚薬を塗り込んでいく。

いったん指を抜き、催淫クリームをもう一度、指腹に載せて、膣奥にも塗り込んでいく。

指腹を上に向けて、浅いところにあるGスポットに擦り込んでいくと、

「んっ……んっ……ぁあああぁぁ……！」

綾乃が眉根を寄せて、切なそうに喘いだ。

「いいぞ、女将。足を放して」

「いいのかい？」

「ああ……」

綾乃は自由になった足をシーツに置き、肩幅に開いている。

膣の天井を擦りつづけると、ぐぐっ、ぐぐっと下腹部が持ちあがり、なかが古澤の指を食いしめる。

さっきより潤みを増して、とろとろになった粘膜がきゅ、きゅっと指を締めつけながら、内側へと手繰りよせようとする。

「そうら、もう効いてきたぞ。なかが、うねりながら俺の指を食いしめてくる……女将、名器だぞ。あんたの息子が骨抜きになったのもわかるよ」

最後は、政子に向かって言う。

と、政子が鬼のような形相で、綾乃をにらんだ。

嫉妬《しっと》をしているのだろう。女同士、とくに嫁と姑《しゅうとめ》の確執ほど怖いものはない。

食いしめてくる膣肉を中指で攪拌《かくはん》し、上のほうを擦りあげているとき、綾乃が目を覚ました。

最初はうっすらと目を開けて、ぼうとしていたが、やがて完全に覚醒《かくせい》したのだろう。正面の古澤を見て、ハッとしたように表情をこわばらせ、身体をひねって、古澤の指を外した。

逃げようとして、自分が後手にくられているのを知ったのだろう。

怯《おび》えた顔をし、立ちあがろうとして、隣にいた政子に、身体を押さえつけられて、また布団に仰臥《ぎょうが》する。

「……女将さん？」

綾乃は不思議そうな顔をして、政子を見る。

「ようやく、目を覚ましたんだね。あんたはこれから、古澤さまの女になるんだよ」

政子に冷たく突き放されて、綾乃がハッとしたように古澤を見た。

「若女将はこれから俺に抱かれる。女将もそれを承知してくれているのさ」

古澤はそう宣言しながら、綾乃の足をつかんで開かせる。

「い、いやっ……！」

「お黙り！」

政子が、綾乃の口を分厚い手のひらでふさいで、言い、

「あんたは、資金援助の代わりに身体を差し出すんだよ。古澤さまの女になるん

だ……」

　綾乃がいやいやをするように首を振る。

「自業自得だろ？　あんたが我慢したら、この旅館は潰れなくてすむんだよ。息子が建て直したここを潰したくないんだ。綾乃さんもそうだろ？　むしろ、その思いはわたしより強いんじゃないか？」

　政子に言われて、綾乃の表情が変わった。

「いつまでも、お上品ぶるんじゃないよ。たっぷりと媚薬を塗ったそうだから、あんただってすぐに気持ち良くなるさ。息子に突きまくられて、アンアンよがっていたくせに。廊下まで聞こえていたんだよ」

　綾乃の抵抗がやんだ。そればかりか、アーモンド形の大きな目にうっすらと涙が浮かんでいる。

　そうだ。この顔だ。

　美人が絶望に打ちひしがれて、自らの悲運を受け入れようとしているときの顔ほど、世の中で煽情《せんじょう》的なものはない。

　下腹部のものがぐんと力を漲《みなぎ》らせて、それが古澤の背中を押した。

　すらりとしているが、太腿のむっちりとした足をひろげて、膝をすくいあげる。

「ううっ、ぅううっ……！」

口を手でふさがれた綾乃が今にも泣きだしそうな顔を向けて、いやいやをするように首を振った。

いさいかまわず、いきりたちで狙《ねら》いをつける。

右に左に逃げようとする腰を押さえつけて、ぐいと腰を突き出していくと、とても窮屈な入口を切っ先が押し広げていく確かな感触があって、

「くぅぅぅ……！」

綾乃が顎をせりあげる。

「ぁああ、おおお……くっ！」

古澤も奥歯をぐっと食いしばる。

（これは……！）

とろとろに蕩《とろ》けた粘膜がうねりながら、分身を締めつけてくる。

しかも、ただきついだけではなく、膣肉がざわざわと波打ち、硬直を内へ、内へと吸い込もうとするのだ。

記憶にある限り、これほどに内部がうごめく女性器を体験したことはない。

「女将、スマホを」

政子が座卓に載っていた、古澤のスマホを持ってきた。

「写真の撮り方はわかるな？」

政子がうなずいて、スマホをカメラ機能にセットし、目から離した。画面を指で開いたり閉じたりして、シャッターボタンを押す。

「い、いやっ、撮らないで！」

綾乃は必死に顔をそむける。

ほんとうなら、手で顔を隠したいのだろうが、両手は後手にくくられていて自由にならない。

「女将さん、正気に戻ってください！」

綾乃が泣きださんばかりの顔で、哀願する。

「わたしは、ずっと正気だよ。女が写真を撮られているんだよ。もう少し、色っぽい顔を見せたらどうだい？」

責めるように言って、政子は長襦袢の衿《えり》を押し広げながら、おろした。こぼれでてきた、たわわな乳房を揉みしだき、

「デカいね。綾乃は無能だけど、顔と身体だけはいいね。娼婦《しょうふ》が天職なんじゃないのかい？」

政子はそう息子の嫁をいたぶりながら、様々な角度から写真を撮る。

「いや、いや、いや……」

と、綾乃は大きく、右へ左へと顔をそむけている。

古澤は両膝を開いてすくいあげたまま、腰をつかった。

極限までいきりたった肉の柱が、熱く滾《たぎ》っている膣を激しく出入りして、

「うっ、うっ、うっ……」

綾乃は顔をそむけながらも、白い長襦袢からのぞく乳房をぶるん、ぶるんと波打たせる。

「どうだ、綾乃。火照って、疼いたオマ×コを突かれて、気持ちいいだろ?」

古澤は硬直を押し込みながら、訊いた。

それは違う、とでも言うように、綾乃が顔を振る。

「その割には、オマ×コがぎゅうぎゅう締まってくるけどな。大トロみたいに柔らかくて、とろとろだ。気持ちいいぞ……女将、スマホを」

政子がスマホを手渡しする。

画像をスライドさせた。十枚ほどの写真には、長襦袢から乳房をさらした綾乃が、黒髪を扇のように散らし、裾をはだけさせて、男に貫かれている姿がはっき

りと映っている。

そのうちの一枚を拡大し、綾乃の顔の前に突き出した。

「見るんだ」

だが、綾乃はいやがって顔をそむけている。

「見るんだ！」

叱咤《しった》すると、綾乃がおずおずと顔をスマホに向けた。視線が画面にとどまり、目がカッと見開かれた。

「い、いやっ……！」

苦しみに満ちた声をあげて、もう二度と見たくないとでも言うように、大きく顔をそむける。

「これで、綾乃は俺には逆らえない。俺に従わないときは、この写真を旅館中にバラまく。いや、旅館だけじゃないぞ。俺の知ってる限りのスマホやパソコンに送ってやる」

古澤は最後の一押しをする。

その状況を頭に思い描いたのだろう、綾乃は目を瞑り、唇をぎゅっと噛んで、「うっ、うっ、うっ」と嗚咽《おえつ》しはじめた。

「女将、行っていいよ」

そろそろ二人だけで愉《たの》しみたくなって、政子を追い払いにかかる。

去る前に、政子が言った。

「……綾乃、考え方次第なんだよ。あんたは我が身を犠牲にして、旅館を救った。

そう考えたらどうだい？　実際にそうなんだから」

だが、綾乃は押し黙ったまま唇を噛んでいる。

「せいぜい、古澤さまにかわいがってもらうんだね。自業自得なんだから」

政子が部屋を出ていく。

すぐに、離れの玄関が開いて、閉まる音がした。

2

「苦しいか？　つらいか？　簡単なことだろ。受け入れてしまえば、楽になる。
それに、綾乃のオマ×コはすごく具合がいい。媚薬のせいか？　それとも、もと
もとこうなのか？　うん、どっちだ？」
「……知りません！」

綾乃が大きく顔をそむける。

「その割には、なかがぐいぐい締まってくるんだよな。ご主人が亡くなって、二年が経つ。ここが男を欲しくて、寂しがっていたんじゃないか？」

「違います……ぁああぅぅ、くっ……くっ……！」

ぐいぐい打ち込むと、粘膜がまとわりついてきて、綾乃は言葉を切って、喘ぎを必死に押し殺す。

持ちあげられた小さな足は白足袋《しろたび》に包まれていて、親指がぎゅうと反り、内側によじり込まれる。

強力な媚薬を擦り込んである。これを塗られた女たちは、欲しい、欲しいと自分からせがんできた。

綾乃だって、感じていないはずはないのだ。

膝の裏をつかんで押しながら、大きく腰を振ると、蜜《みつ》にまみれた肉の塔が出入りをして、ぐちゅぐちゅと淫靡な音がする。

綾乃は解かれた黒髪を枕に散らして、顔を見られたくないとばかりに横を向き、

「んっ……んっ……」とくぐもった声を洩らす。

「ほうら、俺のチンコが若女将のマ×コを犯しているぞ。丸見えだ。見てみろ

「……顔を持ちあげて見るんだよ」

強く命じると、綾乃は泣き顔をおずおずと持ちあげた。自分のオマ×コに勃起が嵌《は》まり込んでいるのが見えたのだろう、

「い、いやっ……！」

大きく顔をそむけて、ぎゅっと唇を嚙みしめる。

「見ろよ！」

叱責する。綾乃はいやいやをするように、激しく顔を振る。乱れた黒髪が頰《ほお》を打ち、あらわになった白い乳房が揺れて、艶《なま》めかしい。

「強情だな」

古澤は膝を放して、覆いかぶさっていく。長襦袢の衿をひろげながら、肩からおろし、腰まで押しさげる。ぶるんっと乳房がこぼれでてきた。

胸のサイズはDかEカップだろう。たわわで、直線的な上の斜面を下側の充実したふくらみが押しあげた、男をそそる形をしている。

乳肌は抜けるように白く、網の目のように走る青い血管が透け出していた。授乳の経験がないせいだろうか、乳首も乳輪も透きとおるような穢《けが》れのないピンク

で、小粒の乳首がツンとせりだしている。

揉むと、ひどく柔らかな肉層がたわみながらまとわりついてきて、

「んっ……！」

綾乃が顔をのけぞらせる。

「感じているだろう？」

「違います……！」

綾乃がきっとにらみつけてきた。

「いいねぇ。そのくらいプライドが高いほうが、落としがいがある。そうら、これでどうだ？」

乳房を荒々しく揉みしだきながら、腰をつかう。

いきりたつものが、熱い滾りにめり込んでいって、

「うっ……うっ……あっ……」

綾乃が最後に喘いだ。

「そうら、今、喘いだだろ？　素直になったらどうだ？」

古澤は乳房に貪《むさぼ》りつく。柔らかく量感のある乳房を揉みしだきながら、乳首を舐めた。

ゆっくりと上下に舐め、左右に弾《はじ》く。

舌をからみつかせて、まわすようにして周辺に舌を走らせ、口に含んだ。

じっくりと吸うと、

「ぁあああうぅ……！」

綾乃が抑えきれないといった声を洩らして、のけぞった。

（そうら、感じているじゃないか……！）

さらに、断続的に吸うと、

「あっ……んっ……あっ……！」

聞いているほうがおかしくなるような喘ぎとともに、下腹部がせりあがってくる。同時に、膣肉がぎゅ、ぎゅっと締まって、怒張を包み込んでくる。

「くっ……！」

古澤は奥歯を強く食いしばる。そうしないと、射精してしまいそうだ。

こらえて、また乳首を吸った。すると、膣のなかがうごめいて、イチモツを奥へ奥へと誘い込もうとする。

楚々《そそ》とした美貌《びぼう》だけで、充分だった。

だが、綾乃はそれに輪をかけて、男殺しの名器の持ち主でもあるのだ。

(ご主人はさぞかし無念だったろうな、こんないい女を残して逝って！)

だが、美しい未亡人には、男が群がることになっている。

(ご主人、残念だったな。諦《あきら》めろ。あとは俺に任せてくれ)

もう片方の乳首にも吸いつき、甘嚙みする。

吐き出して、また、吸いつく。そうしながら、もう片方の乳首をつまんで、押しつぶすように転がすと、

「ぁあああ、ぁあああ、やめて……あっ……あっ……」

綾乃は口ではそう言うものの、身体は反応して、びく、びくっと震え、同時に膣肉もイチモツを締めてくる。

やはり、こうしたほうが感じるのだ。強めに責められると、身体の芯《しん》が反応してしまうのだ。

予想どおりだった。

古澤はSだから、Mの資質を持った女はだいたいわかる。

綾乃と接していて、この女にはMっけがあると感じていた。

もっと、責めたくなった。古澤は怒張を深く叩《たた》き込んでやろうと、体位を変える。

自分は上体を起こし、すらりとした足を片方持ちあげた。

「ぁあぁうぅぅ……！」

綾乃が眉を八の字に折って、顔をのけぞらせた。

この体勢は屹立《きつりつ》が深く嵌まり込む。Mっけがあるから、奥を突いたほうが感じるはずだ。

白い長襦袢がはだけて、むっちりとした太腿がのぞき、その奥には濃い翳りがのぞいている。

足先を白い足袋が包んでいるのを見ると、脱がしたくなった。

片足を抱えて、コハゼをひとつ、またひとつと外して、白足袋を足から剝《は》がしとる。

きれいな足をしていた。

徐々に小さくなる五つの足指は、桜貝のようなピンク色に艶《つや》めき、爪《つめ》の光沢が素晴らしい。

すらりとした足を抱え込んで、足の裏を舐めた。

「ぁああ……やめて……！」

綾乃がぎゅうと足をたわめ、指を折り曲げる。

「恥ずかしいか？　そうら、これでどうだ？」

古澤は伸びた足をつかんで、腰をつかう。

ぐいぐいとえぐり込んでいくと、

「あっ……あっ……ぁあああうぅ、やめて……」

綾乃が声を絞り出す。

「やめて、と言う割には、オマ×コが締めつけてくる。責められるのが好きだろ？」

綾乃は答えない。だが、自覚はあるはずだ。

古澤は、また目の前の素足に貪りつく。

曲げられた土踏まずを舐め、そのまま親指をしゃぶった。頬張りながら、腰を前に突き出して、イチモツをめり込ませていく。

翳りの底に、蜜にまみれた肉柱が出入りし、ぐちゅ、ぐちゅと卑猥《ひわい》な音を立てる。明らかに潤みを増した女の筒が波打ちながらも、侵入者をしっかりとホールドする。

「うっ……うっ……うっ……！」

綾乃はあらわになった乳房をぶるん、ぶるんと縦揺れさせて、繊細な顎をせりあげる。

「どうした？　もう抵抗できないのか？　やめて、いやっと言ってみろ」

「……い、いやっ……ぁあぁぁ、くっ……くっ……！」

「いいねえ。その泣き顔がたまらない」

下を見ると、イチモツが翳りの底に深々と沈み込んでいるのが、目に飛び込んでくる。

（もっとだ……！）

すらりとした足をつかんで、ぐいと横に倒した。

側臥位《そくがい》である。

長襦袢がまとわりつく両足が腰と直角に曲げられ、全身が横になっているので、背中でくくられた両腕の結び目が見える。

長襦袢の袖からのぞくほっそりした両手首が、紫色の帯揚げでくくられて、重なり、ほんのりと赤みを帯びている。

古澤は上体を立てて、腰をぐいぐいと突き出す。

横から膣を突く形になって、切っ先が触れる箇所がこれまでとは違うのがわかる。

「あんっ……あんっ……あんっ……」

　艶めかしい声が弾み、綾乃は突かれるたびに全身を揺らせる。

　後手にくくられた手指がグーを握ったり、開いてパーを作ったりする。

　長い黒髪がざんばらに乱れて、美しい横顔にかかり、その凄艶《せいえん》な表情がたまらなかった。

　古澤は右足で、綾乃の左足を踏み越して、自分は後ろに反る。

　この姿勢だと、腰がつかいやすい。

　ぐいと腰を入れると、切っ先がいっそう奥へと届き、女を犯しているという思いが強くなった。

「そうら、感じるだろう？　奥を突かれているだろ？　わかるぞ。お前の子宮に届いているのが」

　そう言って、ぐいぐい屹立を抜き差しする。

「あん、あんっ、ぁああうぅぅ」

　横臥《おうが》した身体を衝撃で揺らしながら、綾乃は突かれるがままだ。

　顎をせりあげ、あらわになった乳房を大きく波打たせて、今にも泣きださんばかりに眉を折る。

と、根元まで包み込んでいる膣肉が、くいっ、くいっとうごめいて、怒張を内側へと手繰りよせようとする。

「おおぅ、吸い込まれる！」

これ以上ストロークをすると、射精してしまう。

まだ、放ちたくない。

綾乃をイカせるまでは、絶対に射精はしない。

古澤はとっさに腰を引いて、肉棹《にくさお》を引き抜いた。

すると、綾乃はまるで気を遣ったかのように、がくん、がくんと腰を揺らせる。

太腿の奥の雌芯はしばらく開いていて、とろりとした花蜜で妖しいほどにぬめ光っていた。

3

「おらっ！」

ぐったりした綾乃を布団に座らせ、いまだいきりたっている肉柱を顔の前に突き出した。

「しゃぶれよ！」

言うと、綾乃は顔を伏せて、いやいやをするように首を振る。

「強情な女だ」

古澤はスマホをつかんで、あの画像を見せる。

綾乃がしどけない姿で、誰のものとはわからぬ男の怒張を打ち込まれて、半泣きになっている写真を。

「この写真をバラまかれてもいいんだな？」

髪をつかんで顔を持ちあげると、綾乃はちらりと写真に目をやって、顔を左右に振る。

「だったら、しゃぶれ。資金援助は要《い》らないのか？　このまま、旅館を潰してもいいんだな？」

綾乃がそれはいや、という顔をする。

「ここには、二人以外誰もいない。綾乃が何をしようと、他のやつらにはわからないんだよ。俺も口外しない。頼む、しゃぶってくれないか？」

甘いことを言って、少し下手に出る。

「おらっ……口を開けて」

蜜まみれのイチモツを唇の間に押しつけると、少しずつ唇がゆるんだ。

顔の後ろをつかみ寄せて、ぐいと打ち込むと、肉柱が口腔《こうこう》にすべり込んでいき、

「ぐふっ、ぐふっ……」

綾乃が噎《む》せた。

苦しそうに眉根を寄せて、唇をひろげているその姿がたまらない。

ゆったりと腰をつかうと、おぞましいほどの怒張が小さな唇を出入りして、ぐちゅぐちゅと音がし、また、綾乃が噎せる。

つらそうに、涙目で見あげてきた。

黒髪が波打ちながら枝垂《しだ》れ落ち、すっと切れた目尻《めじり》の涼やかな目が、今は恨めしそうに見あげてくる。

「いい顔をする。お前は男の愛玩《あいがん》物になるために生まれてきたような女だ。綾乃のためだったら何でもしてやる。悪いようにはしない。わかったな?」

そう口説きながら、腰を突き出すと、禍々《まがまが》しい亀頭部が柔らかな唇を割って、ずりゅっ、ずりゅっと犯す。

綾乃は目を閉じて、少し顔をあげている。

ぐいぐい腰をつかい、もっと激しく犯したくなって、腰を大きく突き出す。切

っ先を喉奥《のどおく》へと差し込みながら、逃げられないように後頭部をつかんで引き寄せる。

「うが、が、ががが……」

綾乃はえずいて、とっさに突き放そうとする。

だが、手を後手にくくられていて、身体の自由が利かない。

「うがががっ……！」

奇妙な喉音を立て、激しくえずく。

それでも、古澤は責め手をゆるめない。しばらくそのまま喉奥に切っ先を届かせておくと、綾乃はがくん、がくんと震えだした。

さすがに可哀相になって、屹立を口から引き抜くと、綾乃はどっと布団に倒れ込んだ。

後手にくくられたまま、姿勢を丸くして、激しい呼吸をする。

乳房をあらわにして、白い長襦袢の裾を乱し、むちっとした太腿をのぞかせている。

その苦しみに悶《もだ》える姿が、古澤の嗜虐《しぎゃく》心を満たした。

寝室からつづく広縁には、籐椅子《とういす》が置いてある。

「立て！」

乱れた黒髪をつかんで、綾乃を立たせ、境の障子を開けて、広縁に連れていく。

籐椅子に腰かけて、その前に綾乃をしゃがませた。

「しゃぶれ！」

命じても、綾乃はうつむいたままだ。

「綾乃はもう俺の女になった。俺のチンコでぶっすり串刺《くしざ》しにされた。いまさら抗《あらが》ったところで、何の得にもならないだろう？　言うことを聞け。そうしたら、この旅館は救われるんだ。やる気を見せないと、資金援助はしないぞ。いいんだな、それで？」

追い討ちをかけると、綾乃が顔をあげた。

きっと鋭く古澤をにらみつけ、悔しそうに唇を噛んだ。

それから、両膝を床について、顔を寄せてきた。

「裏を舐めろ。丁寧に舐めあげてこい」

綾乃がぐっと姿勢を低くして、いきりたつものの裏側を舐めてくる。

根元から、裏筋に沿ってゆっくりと舌を走らせ、亀頭部にかけて舐めあげる。

それを数回繰り返す。

つるっとした舌が敏感な箇所を這いあがってくる。

また、おりていって、ツーッ、ツーッと裏筋を舐めあげてくる。ぞわぞわっとした快美感が立ち昇ってきた。

「上手いじゃないか……それで、いいんだよ。綾乃の舌はたまらんな。気持ち良すぎる……くぅぅぅぅ」

思わず言うと、綾乃はちらりと見あげて、わずかに微笑んだような気がした。

「袋を舐めてくれないか？」

そう言って、腰を前に突き出した。

してくれないのではないかと思っていた。だが、違った。

綾乃はさらに姿勢を低くして、顔を傾けながら、皺袋に舌を伸ばす。

陰毛の生えたお稲荷《いなり》さんのような袋を、その皺のひとつひとつを伸ばすかのように丹念に舐めてくる。

後手にくくられているから、かなりつらい姿勢のはずだ。

にもかかわらず、綾乃は丁寧に袋に舌を走らせる。

（やはりな……いや、想像以上だった）

これが、綾乃の本質なのだ。

男にご奉仕をすることで、自分も高まる。

(たまらんな。綾乃を自分の女にできるなら、多少の散財は惜しくはない)

皺袋にちろちろと舌を這わせていた綾乃が、袋から裏筋を舐めあげてきた。

そのまま上から頬張ってくる。

ゆったりと顔を打ち振った。

気持ち良すぎた。

ふっくらとして柔らかな唇が、勃起の表面に浮き出た血管にからみついてくる。

綾乃の唇はこぶりで、その上、圧迫感がちょうどいい。

そのぷるるんとした唇が勃起の表面をすべり動くだけで、えも言われぬ陶酔が込みあげてくる。

「ぁああ、気持ち良すぎる……」

うっとりとして言うと、綾乃はさらに情熱的に顔を打ち振り、そのまま奥まで頬張ってきた。

深く咥《くわ》えすぎて、喉を突かれたのだろう。

ぐふっ、ぐふっと噎せた。それでも、もっとできるとばかりに、さらに深く頬張ってくる。

唇が陰毛に接している。
なかで舌がからみつきはじめた。
ねろり、ねろりと舌が裏側をなぞる。
（ぁああ、この女……！）
古澤はもたらされる歓喜に酔った。
と、唇が引きあげられ、ジュルルルッという唾音とともに肉棹が吐き出されて、
「ぁあぁぁぁ……！」
綾乃は吐息まじりの喘ぎをこぼす。
「よくわかったよ。今のが綾乃のほんとうの姿なんだ。そうだろ？」
髪をつかんで、顔を引きあげる。
綾乃の大きな瞳《ひとみ》がぼぅと潤んでいて、その陶酔したような目が古澤をかきたてる。

4

広縁の雪見障子を開け放つと、庭が見えた。

外灯で浮かびあがった日本庭園には、ところどころまだ雪が残っていて、それが『残雪の宿』をいっそう情緒深く見せている。

綾乃を引っ張ってきて、サッシガラスの前に立たせた。

「いやっ……」

と、綾乃が顔をそむける。

「見えやしないよ」

古澤は腰をぐいと引き寄せて、尻を突き出させる。

綾乃は後手にくくられたままだから、ふらつく。足を踏ん張らせ、長襦袢をまくりあげて、半帯に挟んだ。

真っ白な双臀《そうでん》がこぼれでて、古澤はその前にしゃがむ。

尻たぶをぐいとひろげ、その奥に息づいている花肉を舐めた。

ぬるっ、ぬるっと舌を走らせると、

「くっ……あっ……ぁあああ、見えてしまう。許して、許してください」

尻を逃がしながら、綾乃が哀願してくる。

それでも、古澤が狭間に舌を這わせつづけると、抗いがやみ、

「あっ……あっ……ぁあああ、許して……くぅぅぅぅ」

綾乃が切なそうに身体をよじる。

すでに性感は高まりきっているのだろう。綾乃は鮭紅色にぬめる狭間をのぞかせて、腰を折った姿勢で、ぶるぶると小刻みに震えはじめた。

双臀の谷間の可憐《かれん》なアヌスがひくつき、その下の開きかけた二枚貝はしとどな蜜でぬめ光り、誘っているかのように妖しくうごめく。

クリトリスを舐めてやると、綾乃はもう我慢できないとでも言うように、

「あっ……くっ……ぁあああああぁぁぁ……」

抑えきれない喘ぎをこぼして、がくっ、がくっと腰を落とす。

(欲しがっている。どんなに貞淑ぶっても女は女……こいつが欲しくて、欲しくてたまらなくなる)

古澤は立ちあがって、怒張しきったイチモツで尻の谷間をなぞりおろしていく。

底のほうに潤みきった凹みがあって、そこに切っ先を押しつけて、ゆっくりと腰を突き出す。

切っ先が窮屈なとば口を押し広げていき、前に逃げようとする腰をつかみ寄せると、

「あうぅぅぅ……！」

綾乃が顔を撥《は》ねあげた。

「くっ……」と古澤も歯を食いしばる。

さっき以上に女の祠《ほこら》は熱く滾っており、とろとろの粘膜がぎゅ、ぎゅっと締めつけてくる。

(たまらんな……この女は男を狂わせる！)

腰を引き寄せておいて、ぐいぐいと打ち込んでいく。

肉襞《にくひだ》が波打ちながらからからみついてきて、

「あんっ……あんっ……あんっ……」

綾乃は喘ぎ声をスタッカートさせる。

心底から、自分を解き放っている声ではない。まだ羞恥《しゅうち》心やプライドが残っているのだろう。

(女将は旦那とやっているときは、廊下に洩れるようなはしたない声をあげていたと言っていた。そのうちに、はしたない喘ぎをあげさせてやる)

大きく腰を振って、いきりたちを往復させる。

「うっ、うっ、ぁあうぅ……」

綾乃は顔を上げ下げし、後手にくくられている手指を握ったり、開いてたりしている。

綾乃の向こうに、ガラスを通して、庭が見えた。

幾本かの松と広葉樹が立ちならび、日陰になる部分はいまだ白く雪が残っている。それを外灯が照らして、幻想的だ。

そして、自分は今、思いつづけてきた佐倉綾乃を犯している。

どれほどこれを願ったことだろう。それが今、現実になっているのだ。

知らずしらずのうちに力がこもり、強く打ち据えていた。

パチン、パチンと尻がぶつかる音が撥ねて、そのたびに、綾乃は聞いているほうがおかしくなるような哀切な声を洩らしている。

「あんっ、あんっ……ぁあああぅぅぅ……」

綾乃が高まっていくのがわかる。

「後ろからされるのが好きだろ？　マ×コがひくひくして、ぎゅうぎゅう締めつけてくる。旦那にバックから嵌められて、あんあんいい声を出していたんだろ？　そうだな？」

綾乃は無言で答えない。

「言え！　そうしないと、資金を出さないぞ。言ったよな。俺の言うことを聞けと。答えなさい。後ろからされるが、好きだろ?」

「……」

「答えろ!」

綾乃が恥ずかしそうにうなずいた。

「バックからがんがん犯されてイッたんだな? 答えろ。ちゃんと言葉にしろ!」

「……はい。後ろからされて、気を遣りました」

「くそっ、このインランが!」

嫉妬に燃えあがって、古澤はつづけざまに深いところに届かせる。

ふと見ると、ガラスに二人の姿がぼんやりと映っていた。

「見ろ! 自分の恥ずかしい姿を」

綾乃がおずおずと顔をあげて、鏡と化したガラスを見、いやっとばかりに顔をそむける。

「見るんだよ! さっきの写真をバラまくぞ。いいんだな」

追い討ちをかけると、綾乃がまた前を見た。

ガラスには、後手にくくられて立ちマンで後ろから犯されている綾乃の姿が映っている。

その上には、激しく腰をつかう古澤の姿も見えているはずだ。

「見えるだろ？　どう思う？　好きでもない男にガンガン突かれている自分をどう思う？・」

「い、いやっ……いや、いや、いや……」

綾乃は気が触れたように、激しく顔を左右に振る。

「いやじゃないんだよ。この現実を受け止めるしかないんだよ！」

古澤はそっくり返って、屹立をめり込ませていく。

パン、パン、パンと打ちつけると、

「いや、いや、いや……許して……ぁあああああ、ぁあああああ、いやぁああああああぁぁぁ……くっ！」

綾乃はぎゅっと目を閉じて、のけぞり返った。

それから、がくっ、がくっと躍りあがりながら、どっと床に崩れ落ちた。

腕の縛《いまし》めを解き、一糸まとわぬ姿に剝《む》いて、綾乃を布団に寝かせた。

生まれたままの姿をさらして、夜具に横たわった若女将は惚れぼれするほどの曲線を見せて、この女のためなら何でもしたくなる。

古澤は膝をすくいあげて、蜜まみれの怒張を打ち込んでいく。一度気を遣って、硬さのなくなった膣肉がすんなりと勃起を受け入れて、

「ぁあうぅ……」

綾乃が低く呻いて、自由になった手指でシーツをつかんだ。

膝裏をつかんで開かせながら、腰をつかうと、たわわな乳房が豪快に揺れて、綾乃の顎が突きあがる。

古澤は膝を放して覆いかぶさり、綾乃の両腕を頭上にあげさせる。

その姿勢で、あらわになった腋《わき》の下に顔を埋《うず》める。

きれいに剃られた腋窩《えきか》は楚々とした窪みを見せて、甘酸っぱい汗の香りをこもらせている。腋窩を舐めると、

「あっ、いや……いや、いや……」

綾乃が腋を締めようとする。その手を力ずくで頭上に押さえつけ、ねろり、ねろりと舌を這わせる。

つづけるうちに、綾乃の抗いがやみ、

「あっ……あっ……」

ひくひくっと震えて、顎をせりあげる。

「そうら、感じてるじゃないか？　綾乃はこういう女だ。恥ずかしいことをされると、燃えるんだ。もう、お前のことはわかっているんだ。素直になったらどうだ？」

腋の下を舐めあげていき、そのまま、二の腕まで舌を走らせる。

おろしていき、腋窩から乳房へと舌を這わせていく。

仄白い乳肌が抜けるように薄く張りつめて、血管が網の目のように走っている。

そして、淡いピンクの乳首は痛ましいほどにせりだし、カチカチに勃起していた。

「こんなに、乳首をおったてて……」

乳輪ごと乳首を吸い込み、チューチュー吸うと、

「うあっ……あっ……ぁあああ、許して……」

うわ言のように口走りながら、綾乃はされるがままだ。

乳房を揉みしだき、舌をからませ、吸う。

つづけていると、硬直を包み込んでいる膣肉がうごめきながら、締めつけてきた。

下腹部が切なそうにせりあがって、そのたびに、粘膜が勃起をぎゅうと奥へと吸い込もうとする。

「おいおい、腰をつかってるじゃないか」

言うと、綾乃はハッとしたように動きを止めて、顔をそむける。

「いいんだよ、もう突っ張らないで。さっき、イッたよな？　バックから突かれて、気を遣ったよな？」

綾乃は答えず、悔しそうに唇を噛む。

「それが綾乃なんだよ。自分がどんな女かわかっただろ？　いいんだ、それで……身体に素直になれよ。楽になれるぞ」

言い聞かせて、打ち据えていく。

右手を首の後ろに差し込み、抱き寄せながら、打ち込んでいくと、

「あんっ、あんっ、あんんん……」

綾乃は足を大きく開いて、勃起を深いところに導きながら、ぎゅっとしがみついてくる。

力を漲らせたイチモツが、熱く滾った膣肉を擦りあげ、奥へと届いているのがわかる。

ぐちゅぐちゅといやらしい音がして、綾乃は何かにすがるように、古澤に抱きつきながら、

「あん、あん、あうぅぅ……」

喘ぎ声を放つのが恥ずかしい、とばかりに、古澤の首すじに口を押しつけている。その、首すじにキスされているような感触がたまらなかった。

下腹部の甘い陶酔感が急激にひろがってくるのを感じて、古澤は大きく腰をつかう。

「あん、あんっ……ぁあああ、くうぅ……！」

「いいんだろ？　気持ちいいと言え。イキそうです、と言ったらどうだ？」

だが、綾乃は無言のままだ。

「そのうちに、言わせてやる」

古澤は綾乃の両腕を万歳の形に押さえつけ、上からのしかかるように腰を叩きつける。

「出そうだ。出すぞ。綾乃のなかに出すぞ！」

「い、いや……！」

「ダメだ。綾乃のなかに出してやる。俺の精子をぶっかけてやる。そうら、行く

ぞ！」

最後の力を振り絞って、叩き込むと、

「ぁあああ、ぁああああああ、やめて……やめて……ぁあああああ、あん、あんっ、あんっ……いやぁあああああああぁぁぁ」

綾乃は嬌声《きょうせい》を噴きこぼしながらも、のけぞっている。

（感じているんだな。イキそうなんだな！）

遮二無二《しゃにむに》叩き込んだとき、絶頂が訪れた。

熱い男液が噴きこぼれるのを感じて、

「おおおぅ……くわわぁぁ！」

吼《ほ》えながら、もう一度、奥に届かせたとき、

「……ぁあああああっ……！」

綾乃が口をいっぱいに開けて、のけぞり返った。

膣肉が痙攣《けいれん》するように、発作途中のイチモツを締めつけてくる。

「おっ、おおおぉぉ……！」

古澤は咆哮《ほうこう》しながら、さらに下腹部を押しつける。

粘膜がうごめいてる。

その、精液を吸い取られているような放出感が、古澤を至上の快楽へと導いていった。

第三章　老獪《ろうかい》な鞭《むち》

1

夜、綾乃は寝つかれなくて、調理室に向かった。

人影もないがらんとした調理室は、明日のための仕込みの匂《にお》いがこもり、様々な調理器具が並んでいる。

以前から、ここは綾乃が唯一心の休まるオアシスだった。

ポットからお湯を注いで、緑茶を淹《い》れ、調理室の椅子に腰をおろして静かに啜《すす》る。

先日、自分の上を通り過ぎっていった『嵐《あらし》』を思う。

あのとき、最後には我を忘れて、気を遣ってしまった。憎い男なのに。愛していない相手なのに。

（わたしの身体はおかしいのかしら……）

今も、あの嵐の記憶が刻まれているのか、さきほどもひとり寝室で休んでいたとき、身体の奥を突きあげてきた強烈な衝撃がふいによみがえってきて、眠れなくなった。

広幸を癌で亡くして、二年が経過する。

その間、傾いていく旅館を建て直そうと必死で、男のことは考えまいとしてきた。

なのに……。

先日の嵐で、港に碇泊《ていはく》していた船が解き放たれて、海原へと走りはじめてしまったのではないか？

広幸との夫婦のまぐわいが強烈であっただけに、いっそう欲望が目覚めてしまうのが怖い。

しかし、あれから、古澤はうちへの資金援助を確実に進めてくれている。

これからの旅館のことを考えると、あれでよかったのかもしれない。

だが、古澤は愛人になれと言った。

ということは、これからも、古澤の相手をしなければいけないということだ。

一度だけなら、事故にあったようなものだ。そう考えればいい。

（しかし、二度、三度と重なれば……）

綾乃はふと自分が古澤の愛人におさまってしまっている姿を想像して、首を横に振った。

いやだ。耐えられない。

(しかし、うちの旅館がそれで救われるのだから……)

綾乃が忸怩《じくじ》たる思いを嚙みしめていると、

「若女将? どうしたんですか、こんな時間に」

通りのいい渋い声がして、ハッとして振り向くと、小野寺誠一が入口に立っていた。

いつものコック服ではなく、長袖のシャツを着て、ネルのズボンを穿いている。そのラフな私服が、体格がよく、精悍な容姿をしている小野寺にはよく似合った。

「すみません……勝手に調理室に入って」

「それは、かまいませんよ。若女将は昔からよくここでひとりお茶を飲まれていた。広幸さんが、ここは若女将の唯一心が休まる場所だから、許してあげてくださいい、ってね」

小野寺が歩いてきて、綾乃の前に立った。

下から見あげているせいもあって、小野寺の背を高く感じる。

綾乃も立ちあがった。それでも、頭ひとつ、彼のほうが大きい。

「さっきのつづきなんですが、大丈夫ですか？　若女将、最近、時々、険しい顔をなさっている。何かあったんでしょ？」

心配そうに目のなかを覗《のぞ》き込んでくる。

亡夫がスカウトして、この旅館の料理長を任せてから、もう五年が経過する。広幸が逝ったあとも、予算を削られながら、一生懸命に働いてくれている。以前には『俺は若女将のために働いているようなものですから』と言ってくれたこともある。

小野寺は心から自分を心配してくれているのだ。だからこそ、絶対に事実は話せない。

「いいえ、何もありませんよ」

「……なら、いいんですが。古澤さまがうちに資金援助をしてくださることが決まったと聞きましたが……」

小野寺が事実を確かめたがっているのがわかる。

「はい、このまま行けば……」

「よかったじゃないですか。それなのに、どうも若女将の顔色が冴《さ》えない。あいつは前からあなたを狙っていた。俺はあなたの味方だ。何かあったら、相談してください」

小野寺が肩に手を置いて、綾乃を見た。

次の瞬間、ふいに小野寺への信頼感が込みあげてきて、気づいたときは、シャツに包まれた胸に飛び込んでいた。分厚い胸板に顔を埋めていると、

「やはり、何かあったんですね？　教えてください。俺には何でも話してください。何があったんです？」

小野寺が耳元で言う。

「……ゴメンなさい」

綾乃は小野寺を突き放し、

「今のことは忘れてください」

一礼して、調理室を出る。

小野寺にすべてを打ち明けられたら……しかし、それはしてはいけないことだ。そんなことをしたら、小野寺は何かとんでもないことをやらかしてしまうだろう。

でも、恥ずかしい。彼の胸に飛び込んだとき、身も心も痺《しび》れるような熱い情感が込みあげてきた。

（わたし……ダメ。それはダメ……！）

綾乃は思いを振り切って、自室へと急いだ。

2

数日後、綾乃は離れの『残雪の間』で、女将の政子とともに、古澤と彼が連れてきた江崎重雄《えざきしげお》の二人を相手にお酌をし、話し相手を務めていた。

ここに来る前に女将には、

『今日は大切な接待なんだから、しっかりやるんだよ。これで、資金援助の額が大幅に増えるんだから。あんたはもう穢れた身体なんだから。いまさら、貞淑ぶるんじゃないよ。わかったわね』

と、叱咤された。

いくら嫁と姑の確執があるとは言え、息子の嫁を客に差し出す義母に恐ろしささえ感じてしまう。

こんな鬼のような姑がいる旅館を飛びだそうかとも考えた。しかし、ここで逃げたら、旅館は潰れる。

耐えるしかなかった。

今回の主賓は江崎重雄で、すでに七十八歳。

小柄で細身だが、目つきは鋭い。

ここの旅館にも、何度か泊まっており、綾乃もよく知っている。

江崎は巨額の富を持つ資産家で、地元の有力者でもあり、政財界にも強い影響力を持っている。古澤が資金アドバイザーを務めていて、その関係で、江崎を担ぎだしてきたようだ。

浴衣に半纏をはおり、胡座をかいた江崎は、手や頭など、端々に老いを感じさせるものの、姿勢がよく、背筋をピンと伸ばしているせいか、いまだ矍鑠《かくしゃく》としている。

雑談のあと、古澤がようやく本題を切り出した。

「今度、江崎さまが資金を出していただけるそうだ。借金返済だけではなく、建て直すための運転資金もとなると、相当な金が必要となる。うちだけでは、全額は出せない。ご相談したところ、江崎さまが足りない分を補っていただけるということだ」

古澤がへりくだった言い方をして、

「ありがとうございます。うちのようなボロ旅館に援助をしていただけるなど、望外の喜びでございます。感謝しております。ありがとうございます」

政子が座布団をおりて、頭を畳に擦りつけ、綾乃も同じように深く頭をさげる。

「こっちも、以前から若女将のことは高く買っていた。あんたのような若女将はこのへんの看板になってくれないと困る。秘湯ブームも去って、前のようには行かんだろう？　こんな老いぼれでも、少しはあんたの役に立ちたくてな……もう、いいから頭をあげなさい」

綾乃が顔をあげると、江崎と目が合った。

と、それまでねめつけるように見ていた江崎が、急ににこっと笑った。

「やっぱり、あんたはいい女だな。こんな田舎に埋もらせておくのはもったいない。まあ、それは、おいおいな……」

一筋縄ではいかない男であることはわかっている。

それでも、自分を高く評価してくれていることは、うれしい。

「わたしのような者には、もったいないお言葉です」

そう返すと、江崎が言った。

「ほお……さすがだな。謙譲の美徳をちゃんと心得ておる。ますます気に入った」

「では、乾杯と行きましょうか？」

古澤の音頭で、四人は杯を合わせる。

しばらく、お酌をして、綾乃は化粧直しに席を立った。戻ってこようとしたとき、古澤が廊下でひとりで待っていた。

「これから、二人にするから、絶対に逆らうんじゃないぞ。江崎さんのご機嫌を損ねるようなことがあったら、この資金援助は中止する。わかったな？」

綾乃が無言で通りすぎようとすると、腕をつかんで引き戻された。

「なんだ、その態度は！　お前は俺の愛人なんだからな。少しはそれらしい態度を取ったらどうだ？　まだ契約したわけじゃないんだ。どうなっても、知らないぞ」

そう言って、綾乃の着物の裾をまくりあげ、緋襦袢《ひじゅばん》をはだけて、太腿の奥をさぐる。

「……やめてください」

「いい加減にしろ」

「時間が経つと、怪しまれます」

「平気だよ。少しくらい……」

古澤は部屋のほうを気にしながら、ズボンとブリーフを膝までおろした。こぼれでてきた肉の塔が、臍《へそ》に向かっていきりたっていた。

「しゃぶれよ」

綾乃は首を左右に振る。

「いいから、しゃぶれ！　旅館を救いたくないのか？」

そう言われて、ぐいと頭を押さえつけられると、拒めなかった。

目の前で、逞《たくま》しくエラを張った肉の柱が裏筋を見せて、そそりたっている。

（これが、わたしのなかに入っていたんだわ）

あのとき感じたつらいほどの圧迫感や衝撃、もたらされた快感がよみがえってきて、頭を振って、追い払った。

「どうした？」

「何でもありません」

「早くしろよ」

ぐいと後頭部をつかまれて、綾乃は顔を寄せる。

いきりたつものの裏側をツーッ、ツーッと舌でなぞりあげる。それだけで、肉

の塔がびくん、びくんと頭を振り、

「くうぅ……綾乃の舌は最高だな」

古澤が気持ち良さそうに天井を仰ぐ。

いまだ、嫌悪感のほうが強いが、この男によってイカされたという思いもあり、強くは拒めなかった。

勃起をつかみ、亀頭冠の真裏を舌で刺激すると、

「おっ、そこ……くっ、くっ……！」

古澤が快感をあらわにする。

綾乃は顔を斜めにして、上下の唇で肉柱にキスをするように、なぞりおろし、なぞりあげる。

そうしながら、亀頭部を手のひらで包み込み、やわやわと刺激する。

「おおぅ……すごいな。綾乃はやっぱりすごいよ……ぁああ、くうぅ……しゃぶってくれ。咥えてくれ。頼むよ」

綾乃はちらりと見あげて、古澤の快感にゆがむ顔を確認した。

気は進まないが、いやなことは早く済ませたい。

いや、ほんとうに、それだけだろうか？　わからない。自分の心がつかめない。

茜色《あかね》にてかつく雁首《かりくび》に唇をかぶせて、短いストロークですべらせる。そうしながら、茎胴の根元を握って、しごく。

ぷっくりとふくらんだ血管がわかる。熱く灼《や》けるような肉の柱を握り、擦りながら、顔を打ち振ると、口のなかでそれが躍りあがり、

「くっ……くっ……」

古澤は呻きながら、天を仰いでいる。

男が歓喜に咽《むせ》ぶ姿を見ると、女の悦びを感じる。たとえそれがどんな相手であろうとも。

いっそう激しく唇を往復させたとき、

「綾乃！　綾乃さん！　どこにいるんだい？」

政子の声が近づいてきて、綾乃はとっさに立ちあがる。

古澤があわてて勃起をしまい、ベルトのバックルを締めたそのとき、政子が廊下に姿を見せ、

「おやっ……お二人さん、何をしてるんだい？　江崎さまがお待ちだよ」

怪しむような目を向けてくる。

「何でもないさ。綾乃に心構えを説いていただけだ」

古澤がとっさに誤魔化《ごまか》す。

「だといいんだけどね……行くよ。ほらっ、裾が乱れてるじゃないか」

政子に指摘されて、綾乃は着物の前を直す。

三人が部屋に戻り、しばらくして、

「では、我々はそろそろお暇《いとま》しますので……」

政子と古澤が席を立って、綾乃は江崎と二人で部屋に残された。

3

「心配は要らん。私のここは言うことを聞かん。勃《た》たないいんじゃよ。その代わり、あんたを愛《め》でたい。茶道の茶碗のように、じっくりと鑑賞して、触ってみたい。どんな肌をしているか、どんな乳房なのか……。前にあんたを見たときから、それが願いだった。それとも、こんな老人に見られたり、触られたりするのはいやか？」

江崎が胡座をかいたまま、まっすぐに見つめてくる。

綾乃はすぐに答えられずに、ちらりと江崎を見た。

なぜだろう？　古澤に感じた嫌悪感はない。

やはり、江崎が勃起しないという安心感を得たからだろうか？　それだけではないような気がする。

江崎には、古澤のように下品なところがない。矍鑠とした老人でいながら、時々、見せる笑顔も愛嬌があるし、妙な色気を感じてしまう。

「いやか？」

再度、訊かれて、綾乃は無言のまま、首を左右に振っていた。

「おおっ、それはつまり、鑑賞していいということだな？　そうなんだな？」

江崎がうれしそうに身を乗り出してきた。

七十八歳で、政財界にも影響を持つ有力者が、子供のように喜んでいる。

「よしよし、まずは隣に来て、お酌をしなさい」

綾乃は立ちあがり、江崎の隣に両膝をつき、徳利からお酒をお猪口《ちょこ》に注ぐ。

江崎はそれをぐいっと呑み干して、

「美人に注がれる酒ほど最高なものはないな……よし、あんたも呑め」

と、お猪口の呑み口を指で拭《ぬぐ》って、差し出してくる。

綾乃がそれを受け取ると、江崎が酒を注いでくれる。

江崎が呑んでいる酒だから、この前のように睡眠薬が入っているということはないはずだ。一口呑むと、

「やはり、美人が酒を呑むところはきれいだな。とくに、喉の線に色気がある。呑み干しなさい」

江崎が言う。

喉のラインを見られるのが恥ずかしいと思いつつも、ぐいっとお猪口を傾けると、喉越しのいい酒が落ちていき、胃のあたりが熱くなった。

「いい呑みっぷりだ。ますます気に入った……ちょっとだけ、触っていいか？」

江崎が着物の上から太腿に手を置く。

うなずくと、江崎が静かに太腿をなぞりはじめた。

江崎の手は痩《や》せていて、血管が浮き出ている。

その手が柔らかく、繊細に太腿を撫《な》でてくる。

ぞくっとして、びくっと腰が震えてしまう。

「感度がいいんだな。膝を開きなさい」

「えっ……？」

「膝を開きなさい」

なぜか、江崎には抗えない。

わずかに膝をひろげると、江崎は着物の前を一枚、また一枚とはだけ、こぼれでた赤い長襦袢を見て、

「おおぉ、緋襦袢か……あんたは色白で、品のいい顔をしているから、緋襦袢が映える」

江崎は長襦袢の前身頃の間から右手を入れると、これまでとは一転して、強く太腿をつかんだ。ぐいっと開かされて、

「あっ……！」

思わず足を閉じようとする。

「私を怒らせないでくれ。あんたのような好みの女を、脅したくはないんだ。わかるな、言っていることは？」

綾乃はうなずく。

古澤のように、資金援助をする、しないで、脅迫して、力ずくで従わせたくないということだろう。

「それで、いい……言っただろう。私のあそこは役に立たない。ただただ、綾乃

さんを愛でたいんだ」

言いながら、江崎は太腿の間に差し込んだ手で、慈しむように内腿をなぞってくる。

「すべすべしている。絹のようだ。しかも、柔らかく、女の豊かさに満ちている」

江崎はそう言いながら、執拗《しつよう》に内腿をさする。

小指が花芯にわずかに触れて、

「んっ……！」

綾乃は喘ぎを押し殺した。

「もっと開きなさい」

江崎が言う。

いやいやをするように首を振っていた。

と、江崎は背後にまわり、衿元から手を入れてくる。長襦袢の下にすべり込んだ手で、抗う間もなく、じかに乳房をつかまれて、

「あっ、いや……」

綾乃は胸をかばって、上体を前に折る。

その襟足をぬるっと舐められて、

「あんっ……！」

思わず声をあげる。

「和服の女の襟足ほど艶めかしいものはないな」

「……あうぅぅ！」

首すじをぬるっと舌でなぞりあげられ、乳房をぐいとつかまれると、恥ずかしい声があふれでた。

「そうら、乳首がどんどん硬くなってきたぞ。これで、どうだ？」

指で乳首をつままれて転がされると、峻烈《しゅんれつ》な快感が身体を走り抜ける。

「ぁああ、許して……もう、許してください」

「許してくださいか……たまらんな。こうやって、旦那さんをその気にさせていたんだろう？　旦那さんはどうやって、愛してくれた？　乳首をどうやって責められた？　こうか？　それとも、こうか？」

江崎は耳元で言いながら、乳首を左右にねじり、上から押しつぶすように捏《こ》ねてくる。

乳首が弱いことはわかっていた。

荒々しくされると、いっそう感じてしまう。

見抜かれている。

(恥ずかしい……消えてしまいたい)

それでも、硬くなった乳首を玩弄《がんろう》されると、派生した快感が下腹部にも及んで、知らずしらずのうちに腰が揺れてしまう。

広幸はそれを愛してくれた。

『綾乃の腰は正直だな。感じると、いやらしくせりあがってくる。男にはこの、意に反して持ちあがる腰がたまらないんだ。このいやらしい腰を見ると、俺は綾乃がさらに愛《いと》おしくなるんだ』

亡夫の言葉が脳裏によみがえる。

恥ずかしかったが、うれしかった。それも、相手が愛する広幸だったからだ。

(ダメ……)

腰の動きをこらえた。

それでも、乳首を巧妙に転がされると、勝手に腰が動いてしまう。

「いや、いや、いや……」

「思った以上だったな。こんな淑やかで、やさしい顔をしていのに、身体はひどく感じやすい……そうか、旦那さんに仕込まれたな？　精力的な男で、セックスも強そうだった。そんな旦那に先立たれて、ここが寂しくてたまらなかっただろう？」

「……違います」

顔を左右に振る。そのとおりだった。だが、認めたくない。

「どうかな？」

江崎は右手を衿元から抜き、着物の前身頃を割る。

綾乃はそうはさせじと、太腿をよじりあわせる。

だが、左手を身八つ口から入れられて、じかに乳房を揉まれ、乳首を捏ねられると、鮮烈な快美感が流れて、気持ちとは裏腹に下腹部が持ちあがってしまう。

「そうら、どうしてこんなに腰が動く？　触ってほしいんだな？　こうしてほしいんだな？」

江崎の骨ばった手で太腿を割られた。ぐいと手のひらでそこを圧迫されて、

「あうぅぅ……！」

顔が撥ねあがった。

逃れようとした。だが、乳房を鷲《わし》づかみにされ、太腿の奥をぐいぐいと揉まれ

ると、欲しかったものを与えられた悦びで、抗ぅ気力が失せていく。

硬くなった乳首を右に左に転がされ、何本かの指で太腿の狭間をさすられる。

「そうら、濡れてきたぞ。自分では拒もうとしても、身体が裏切っていく。それとも、これがお前のほんとうの姿か？　心の底では、イチモツが欲しくてたまらないのか？」

「……ぁああ、いじめないでください」

「そう言われると、ますますいじめたくなる」

江崎の指が恥肉の狭間をなぞりはじめた。

一本の指が的確に急所をとらえてさすりあげ、陰核を絶妙なタッチで転がしてくる。

「ぁああ、いや、やめて……いや、いや……はうぅぅ」

あふれだしている蜜を陰核になすりつけられると、峻烈な快美感が電流のように走る。

「男をその気にさせる女だ。いやと言いながらも、ここをグチャグチャにさせて……どうしてこんなに濡らしている？　欲しいか？　ここに、カチンカチンのやつをぶち込んでほしいんだろ？」

江崎が耳元で言う。

綾乃は、いやいやと顔を左右に振る。

それでも、ぎゅっと閉じた膝を擦りつけてしまっている。

「緋襦袢がはだけて、真っ白な太腿が見えているぞ。太腿も腰も意外に豊かだな。旦那さんに仕込まれているうちに、女の身体になったんだな」

そう言って、江崎は綾乃を後ろに倒し、前にまわった。

着物と長襦袢の前身頃をたくしあげられ、膝裏をつかまれた。ぐいと開かれて、持ちあげられる。

「い、いや……！」

緋襦袢がはだけて、きっと奥まで見えてしまっているだろう。

綾乃は太腿を合わせて、内側によじり込む。

そこを、膝をつかまれて、力ずくで開かれる。

「ぁあああぅぅ……！」

「力を抜け」

「いや、いや、いや……」

見られ、触られるだけならと、さっきは思った。

しかし、秘密の箇所をあらわにされると、身悶えしたくなるような激しい羞恥がうねりあがってくる。

江崎の顔が近づき、熱い息がそこにかかった。

次の瞬間、ぬらつくものが花芯を這いあがってきて、

「あうぅぅ……！」

ぞくっとした戦慄《せんりつ》が流れて、身体が勝手に撥ねた。

唾液まみれの舌が巧妙に感じる箇所をなぞり、ゆっくりと的確に陰唇とその狭間を行き来する。

「ぁああ、ああうぅぅ……」

蛞蝓《なめくじ》が粘膜を這いまわっている。

派生する陶酔が少しずつふくらんできて、

「ぁあああ、許して」

そう口では言いながらも、裏腹に腰はくねってしまう。

着物姿で足を大きく開かされ、羞恥の泉をあらわにされている。

恥ずかしくてたまらない。けれども、身体の奥底から言葉にはならない強い情動がうねりあがってきて、それが綾乃を巻き込んでいく。

「お前の花が開いてきたぞ。いやらしく濡れそぼっている。蜜が多いな。この蜜で男を誘っているんだな。この蜜に誘われて、男どもが寄ってくる。古澤もそのひとりってことだ。古澤に抱かれた。そうだな？」

江崎が顔をあげて、目を細める。

やはり、知っていたのだ。この人は、綾乃が古澤と交わした契約を知っていて、自分を愛でているのだ。

綾乃はそれに答えずに、目をそらす。

「心配するな。私に妙な独占欲も嫉妬もない。この歳《とし》になって、そんなものは気にならなくなった。むしろ、ぞくぞくする。綾乃さんがどんなふうにあの狡猾《こうかつ》な男に抱かれたのかと想像すると、ぞくぞくする」

細い目の奥を光らせて、江崎は綾乃の白足袋を脱がした。

コハゼを外して、左右の足袋を抜き取ると、右足をつかんで持ちあげる。

ツーッ、ツーッと足裏を舐められて、

「あっ……いけません。そんなところ……あっ、あっ……はうぅぅ」

くすぐったいとは感じなかった。

つるっとした舌が足を這うだけで、皮膚がざわついて、掻痒《そうよう》感がひろがってくる。

広幸にも足を舐められたことがあった。

おそらくそのときに、足を愛でられることの悦びが身体に刻み込まれてしまっていて、同じことをされると、目を覚ましてしまうのだろう。

先日、古澤に足を舐められたときも、最後は感じてしまった。

そして、江崎は亡夫よりも、執拗だった。

足裏から足指へと舌が這いあがり、親指にからんでくる。

そうしながら、太腿を片方の手指でスーッ、スーッと掃くように撫でられると、ほのかな快美感が瞬く間にひろがっていった。

「あっ……あっ……」

恥ずかしい声が抑えられない。

足がひとりでに震え、その震えが腰にも流れた。

江崎は親指と人差し指を開いて、水掻《みずか》きに舌を差し込んでちろちろと舐めてくる。

そうしながら、こちらをうかがっている。

綾乃がどう感じているかを観察しつつ、他の足指も丁寧に頬張り、舌でなぞる。

太腿やふくら脛《はぎ》をスーッ、スーッと撫でたり、ぎゅっとつかむ。
江崎の目が時々、股間《こかん》に落ちる。
長襦袢がはだけ、きっと恥ずかしいところも見えてしまっているだろう。
足を内側によじって、隠そうとするものの、ぐいと開かされる。
それを繰り返している間に、完全に抗う気持ちが失せた。
いったん身を任せてしまうと、もたらされる悦びが容赦なく沁《し》み込んできてしまう。
足指をしゃぶり尽くした江崎の舌が、踵《かかと》からふくら脛へとおりてくる。
ぞわぞわっとした戦慄がふくら脛から、全身へと流れていく。
「ぁああ、あああああ……」
綾乃は両手でシーツをつかんだ。
腰が欲しがって、ひとりでに持ちあがる。

4

隣室の布団の上で、綾乃は着物を脱がされ、緋襦袢一枚になって、膝を持ちあげられ、江崎のクンニリングスを受けていた。

狭間や肉芽、膣口を執拗に舌で愛撫《あいぶ》されると、否応なしに身体が反応して、下腹部がせりあがってしまう。

「ぁああ、あああぁぁぁ……」

恥ずかしい声が間断なくあふれて、無意識のうちに濡れた花肉を江崎の口に擦りつけていた。

と、江崎が何かを取り出した。

それは、肌色のディルドーで、吸盤のようなものがついている。

「そろそろこいつが欲しくなってきただろう？　本物そっくりに作ってある。柔らかなシリコンで、血管まで走っている。カリもリアルだろ？」

目の前に突きつけられて、綾乃は目をそらした。

だが、実物を精巧に模した張形が目に焼きついて離れない。

「欲しいだろ？　こいつをぶち込まれたいだろ？」

綾乃はそれは違うとでも言うように、首を振る。

「ウソだな……」

張形が擦りつけられて、綾乃は足を閉じる。その足をぐいと開かされる。

ディルドーは本物の男根に似た柔らかさと硬さを持っていて、狭間を上へ下へとなぞられると、

「ぁあぁうぅぅ……」

腰が勝手に動いて、それを欲しがってしまう。

江崎はディルドーを舐め、唾液で濡らし、ゆっくりと沈み込ませてきた。

「い、いやっ……！」

「いい加減、素直になれ！　そうら、入っていく。いやと言う割には、簡単に入っていくぞ」

エラの張った頭部が膣を押し開き、体内に潜り込んできた。

「ぁあぁあぁ……！」

痺れるような挿入の感触が、身体を貫く。

大きい。

そして、長い。

こうして受け入れると、そのものの大きさがよくわかる。

「もっと、入るな」

ぐいと押し込まれて、亀頭部が子宮を突くのがわかる。

「ぁあああ……！」

綾乃は両手でシーツをつかむ。

そうしていないと、自分がどこかに行ってしまいそうだ。

大きな楔《くさび》を体内に打ち込まれたような衝撃が全身を襲い、下腹部がつらい。

「ぁあああ、外してください」

「心にもないことを言うな。締めつけてくるぞ。綾乃さんのオマ×コがうれしそうに、くいくい締まってくる」

張形が動きだした。ゆっくりと出し入れされる。

「ぐちゅぐちゅといやらしい音がする。マン汁がすくいだされて、垂れているぞ。あまり締めないでくれ。抜き差しができん」

江崎がディルドーを出し入れしながら、乳房をつかんだ。

白い半衿のついた緋襦袢をぐいとさげられ、もろ肌脱ぎにされる。こぼれでた乳房をじかにつかまれて、ぐいぐいと揉みしだかれる。

と、身体の奥底から、

（もっとされたい。もっとして……！）

あの情欲がうねりあがってきた。

いつもこうだ。激しく責められると、途中からこういう気持ちになってしまう。

もっとして、もっとして——。

乳首が痛いほどに硬く、しこってくるのがわかる。

それを指でつまんで転がされ、ディルドーを抜き差しされると、子宮がふくらむような快感がうねりあがってきた。

（いや、いや、いや……！）

命を持たない道具で、自分が気を遣るのが恥ずかしい。屈辱だと感じる。

それでも、乳首を捏ねられて、ディルドーで奥のほうを突かれると、抗しがたい愉悦がひろがってきた。

「ぁああ、あああうぅぅ」

手の甲を口に当てて声を押し殺しながら、張形の抜き差しに合わせて、腰を揺すりあげていた。

（イッてしまう。イッてしまう……！）

綾乃がエクスタシーの到来に身構えたとき、それが、スーッと抜き取られた。

「ぁあああぁ……」

下腹部がはしたなくそれを追っていた。

気を遣る寸前で、大きなものが体内から去っていき、その寂しさであさましく腰をくねらせている。

「来い！」

江崎に広縁に連れていかれ、うずくまっていると、江崎がさっきの肌色のディルドーを板の間に叩きつけるようにした。

広縁から、肌色の張形がそそりたっている。

あの吸盤はこのためにあったのだ。

「ここにまたがりなさい」

江崎が言う。

広縁から長大なペニスがそそりたっている。そのあまりのおぞましさに、綾乃は怯えた。

これを受け入れて、腰を振る自分の姿が浮かんできた。あまりにも恥ずかしすぎる。

「いいから、しろ。私を怒らせないでくれ」

江崎が細い目でにらみつけてくる。

抗うのが怖い。それ以上に、身体がイキたがっている。

床からそそりたっている肌色の張形を、おずおずとまたいだ。

ディルドーをつかんで、導きながら腰を落としていくと、それが体内を割ってきた。

「ぁあああ……！」

ディルドーから手を放し、床について、身体を支えた。

「入っているな。綾乃さんのオマ×コにずっぽりおさまっている。いいぞ。そのまま腰を振れ……振りなさい！」

綾乃は両手を膝に置き、蹲踞《そんきょ》の姿勢で腰を上げ下げする。

自分で加減できるせいだろうか、下腹部から切ないような熱い情感が育ってきて、体内にひろがってくる。

「これが、あんたのほんとうの姿なんだな。普段の澄ましたあんたは、ニセのあんただ。何だ、その腰づかいは？　いやらしいぞ。淫《みだ》らだぞ。いいぞ、もっと腰を振れ。そうら、胸をつかんで揉め！」

江崎の言葉が、痺れた頭に響き、綾乃は右手で乳房をつかんで、揉みしだいた。

こうすれば感じるというやり方で、左の乳房をぐいとつかみ、持ちあげながら、指先で乳首を弾いた。

下から撥ねあげて、乳首をつまんで左右にねじる。そうしながら、腰を縦に振ると、身体のなかで熱い塊がふくれあがってくる。

その瞬間が欲しくなって、いっそう強く腰を振り、乳首を捏ねた。

快美感で朦朧《もうろう》とした頭に、江崎の言葉が響いた。

「信じられん……勃ってきたぞ」

ハッとして見ると、前に立つ江崎の股間から、黒ずんだ肉の柱がむっくりと頭を擡げようとしていた。

「奇跡だ。奇跡が起きた。あんたがエロいからだ。頼む。しゃぶってくれ」

江崎が昂奮で目を血走らせて、イチモツを口に押しつけてくる。

「もう何年もビクともしなかった。あんたのお蔭《かげ》だ。頼む、しゃぶってくれ。この機会を逃したくない」

あの江崎が必死の形相で頼んでくる。

おずおずと口を開けると、イチモツが押し込まれた。

江崎は綾乃の後頭部をつかんで、引き寄せながら、自ら腰を振る。ジュブッ、ジュブッと唾音がして、それが口のなかでどんどん大きく、硬くなってくるのがわかる。

綾乃は自分の口を逞しい男根で犯される、この被虐的な感覚が好きだ。

「おおぅ、たまらん……ひさしぶりなんだ。あんただから、勃ったんだ」

江崎の言葉が、綾乃を突き動かした。

自分から舌をからめていく。

江崎のストロークがやみ、綾乃はゆっくりと顔を打ち振る。

支えが欲しくて、江崎の腰につかまり、唇を亀頭部にからませる。途中まで頬張って、唇をすべらせる。

カリが大きく張っていて、そこに唇が引っかかる。雁首を中心に小刻みに唇を往復させた。

「おっ、あっ……ぁあああ、いいぞ。どんどん硬くなってくる。奇跡だ。奇跡が起きた……くおおぅぅ！」

江崎が吼える。

その心から悦んでいる様子が、綾乃にはうれしい。

もっと、江崎に悦んでほしくなって、ぐっと奥まで頬張った。

江崎のそれは痩せてはいるが、血管が蛇のようにのたくっていて、とても長い。

頬張りきれない。

だが、もっとできる。

息を吸い込むようにして、喉を開き、一気に根元まで招き入れる。

先端で突かれて、噎せそうになる。えずきそうになる。

それをこらえて、ゆっくりと深呼吸する。

白髪の混ざった硬い陰毛が、唇に触れている。

えずきがやんで、綾乃は静かに顔を振る。

根元から途中まで、静かに唇をすべらせる。引きあげて、また、押し込む。

それをつづけていると、

「ぁああ、くうぅ……たまらん……」

江崎が気持ち良さそうに上を向く。

自分が男に快感を与えていることが、うれしく、それが、綾乃の性感さえも高まらせていく。

綾乃は根元を握って、余った部分を頬張る。

男性はカリがもっとも感じることは、亡夫に教え込まれた。こうすると、快感が高まることも。

根元を握りしごきながら、カリを中心に唇を往復させた。

いったん吐き出し、亀頭冠の真裏に舌で刺激を与え、また頬張って、唇をからませながら、速いピッチですべらせる。

ぐんと張ったカリを唇がしごいていき、

「くっ……おっ……いいぞ。綾乃さん、あなたが腰を振るところを見たい。張形を入れたまま、いやらしく腰を振るんだ」

江崎がぎらぎらした目でねめつけてくる。

綾乃は両手で江崎の腰をつかんでバランスを取り、勃起を頬張りながら、腰を前後に振る。

床からそそりたったディルドーが膣を擦りあげてきて、知らずしらずのうちに、もっとも感じる箇所にディルドーを擦りつけていた。

「どんな感じだ？　本物の男根を咥えて、あそこにもディルドーを咥えている気分は？　そうら、もっと口をつかえ。腰を振れ」

江崎が昂奮しているのがわかる。

綾乃はジュブッジュブッと唇をすべらせながら、腰を前後に揺すりあげる。

（ああ、いい……いいのよぉ！）

下腹部の快感がひろがってきて、もう咥えていることしかできない。

すると、江崎が頭部をつかんで引き寄せながら、ぐいぐいと屹立を押し込んでくる。

「うぐっ、うががっ……！」

綾乃はえずいた。苦しい。横隔膜がせりあがってきて、息ができない。

駄目押しとばかりにぐいと喉に届かされる。

「うがっ……！」

涙がこぼれる。

「もっとだ。もっと……！」

江崎はいきりたつものを、これでもかとばかりに押しつけてくる。

自分のものは役に立たないから安心しろと言われた。あれはウソだったのか？

いや、先ほどの悦び方を見ると、ウソだとは思えない。

苦しすぎて、意識が飛びそうになった。

そこで、ようやく硬直が口から抜き去られた。

5

「入れるぞ。入れさせてくれ！　もう金輪際、できないかもしれん。入れるぞ！」

江崎が、仰向けになった綾乃の膝をすくいあげた。

そうしながらも、片手でいきりたちを必死にしごいている。

七十八歳の老人が女と繋《つな》がりたいという気持ちがひしひしと伝わってきて、綾乃はやさしい気持ちになる。

江崎が硬いもので恥肉をさぐり、押し込んできた。

それが体内に押し入ってきて、

「ぁあああああ……！」

綾乃はその歓喜を素直にあらわす。

「おおおっ、すごい……締まりがいいな。ぐいぐい締めつけてくる。たまらんな……くおおぉ」

江崎がのけぞって、呻く。

「やはり、いいな。オマ×コはいい。男の故郷だ。ずっと、これを味わいたかった……」

江崎が膝を放して、のしかかってくる。

「頼む、キスしてくれ」

綾乃は唇を合わせて、江崎を抱きしめていた。

乾いた薄い唇を舌でなぞり、唾液を塗り込める。狭間から舌を差し込んで、舌をとらえる。

江崎も懸命に舌をからめながら、腰をつかう。

江崎重雄といういまだ政財界に影響力を持つ七十八歳が、まるで童貞のようにたどたどしくキスをし、腰をつかっている。

綾乃は大きく足を開き、江崎の屹立を深いところに導きながら、舌をからめ、唇を吸う。

「……たまらん！」

江崎は唇を離して、乳房を揉んだ。ふくらみの柔らかさを味わうように荒々しく揉みしだき、乳首に顔を寄せる。

上下左右に舌をつかい、時には強く弾き、繊細に舐める。

自分でも勃起しているとわかる乳首から、甘やかな電流がひろがってきて、それが下半身にも及ぶ。

「ぁあああぁ、あああうぅぅ……」

恥ずかしい喜悦の声が洩れ、腰がひとりでに動いて、もっと欲しいと勃起を締めつけてしまう。

「くうぅ、綾乃さんのオマ×コはどうなっているんだ？　吸い込まれていくぞ。あんたはすごい。男を元気にさせる。私の回春剤だ……あそこがどんどん元気になる。よし、後ろからするぞ」

江崎は嬉々《きき》として言い、綾乃を這わせる。

綾乃は四つん這いになって、ぐっと腰を突き出していた。

江崎が緋襦袢の裾をまくりあげて、半帯に留めた。

あらわにされて、江崎の視線にさらされているお尻が恥ずかしい。それと同時に、後ろから貫いてほしいという気持ちがせりあがってくる。

江崎のものがゆっくりと入ってきた。

「あうぅぅぅ……！」

その衝撃に、シーツをつかんでいた。

（いいの、いい……！）

張形は冷たく、無機質だった。だが、生の男根は温かく、血が通っていて、生命の息吹を持っている。

江崎が強く突いてくる。

腰を引き寄せられて、ぐいぐいと差し込まれる。長いものの先が子宮を突いているのがわかる。

「あんっ……あんっ……あんっ……」

奥に届かされるたびに、恥ずかしい喘ぎが洩れる。はしたない声をあげていることに、自分も昂《たかぶ》ってしまう。

「はっ、はっ、はっ……」

と、息を弾ませながらも、江崎は力強く差し込んでくる。

これが、不能に悩んでいた男だとは思えない。江崎のイチモツは少しの衰えもなく、突き刺さってくる。

「かわいいアヌスが、開いてきたぞ。物欲しそうにひくついている。そうか……欲しいか？」

江崎が後ろから繋がったまま、何かを用意している。

冷たく、ぬるっとしたものがアヌスに塗りつけられる。

それがローションであることはわかった。

かつて、広幸に使われたことがある。

(どうして、そこに……？)

まさか、と思ったとき、何かがあてがわれて、それがまわるようにして、窄《すぼ》まりをマッサージしてくる。

「いやいや……！」

江崎の指だとわかって、綾乃は首を左右に振る。

「アナルセックスはしたことがないのか？」

江崎に訊かれて、綾乃は何度もうなずく。

「あんたの旦那も大したことはないな。こんな性能の良さそうなアヌスを未開発にしておくとは……力を抜いて、深呼吸しなさい」

綾乃が大きく息を吐き、吸い込もうとしたとき、指がすべり込んできた。

「ぁあああ、くっ……！　ぁあああ」

一本の指が入ってきただけで、微塵《みじん》も動けなくなった。

「そうら、なかがうごめいて、中指を締めつけてくる。たまらんな」

江崎の骨ばった指がなかを捏ね、ぐるりと向きを変える。

何かが洩れてしまいそうな気がする。男の前でそれを見せるのは絶対にいやだ。

「い、いや……抜いてください」

「ダメだ」

江崎は指を深々と挿入したまま、腰をつかう。

アヌスをいじると昂奮するのだろう。ますます硬くなった肉の柱が、激しくなかを突いてくる。

そうしながら、アヌスを捏ねられると、苦しさよりも、腹が抜け落ちていくような快美感が勝り、

「あっ……あっ……ぁあああああ、許して……許して」

そう口走りながらも、せがむように腰を前後に振っていた。

「おおぅ、自分から腰を振りよって……たまらん女だ。あんたは最高にエロい。きれいな顔をしているのに、自分から腰を振るとはな……アナル調教をして、私のをぶち込んでやるからな。古澤だけの女にしておくのは惜しい。おおぅ、オマ×コが締まってくる」

江崎はアヌスから指を抜いて、両手で腰を引き寄せた。

ゆっくりと抜き差しされる。

アヌスでスイッチが入ったのだろうか、気を遣る前に感じるあの陶酔感がひろがってくる。

切ない。

自分がどうにかなってしまいそうだ。

不安と期待感が入り交じり、下半身の熱さが強くなり、ひりつくようなところを擦りあげられると、もっと欲しい。もっといじめて……という逼迫《ひっぱく》した気持ちが高まってくる。

「おおぅ、出そうだ。信じられん……五年ぶりだよ。女のなかに出すのは……信じられん……おおぅ、おおぅ！」

江崎が吼えながら、遮二無二打ち込んでくる。

内臓を突きあげられる衝撃が響きわたり、酸欠状態のようになって、息を吸えない。

頭がぼぅとして、朦朧としたなかで、男根だけが力強く叩き込まれる。

送り込まれた男根が内臓を貫いて、喉から出てきそうだ。

「あっ、あっ、あっ……」

声をあげながら、シーツをぎゅうと握りしめる。

(来る……来るわ……!)

激しく突かれるたびに、身体がのけぞり、顔が撥ねる。

「おおぅ、出そうだ。いいぞ、イッてくれ。イカしたいんだ。これで女をイカしたい……おおー、おおぅ!」

「あん、あん、あんっ……イク、イキます……イク、イク、イッちゃう……!やあああああぁぁぁぁぁぁ! くっ!」

ふくれあがった風船がパチンと爆《は》ぜて、綾乃は躍りあがっていた。

膣が痙攣しながら、イチモツを締めつけている。

「……ぁあああああ!」

江崎が吼えながら、放った。

男が射精するのは、感覚でわかる。

がくん、がくんと腰が勝手に前後し、綾乃は身体がばらばらになるようなエクスタシーに身を任せた。

もう何も考えられない。

この現実を超えた至福のときが、綾乃が女であってよかったと実感するときだ。

江崎が離れると、綾乃は前に突っ伏していく。
まったく力が入らない。微塵も動けない。
時々、身体がひとりでにひくひくっと痙攣してしまう。
隣を見ると、仰向けに寝転んだ江崎が、ぜいぜいと息を切らしていた。

第四章　透けた湯浴み着

1

旅館の全従業員が広間に集められて、その前で女将の政子が演説している。

「若女将の尽力のお蔭で、うちは窮地を脱しました。みんな、拍手して！」

従業員がいっせいに拍手して、綾乃が複雑な表情をする。

（綾乃は人望が厚いからな。綾乃を立てておけば、この旅館は上手くまわっていく）

古澤聡は、綾乃の横顔に見とれた。

いつ見ても、凛《りん》として美しい。

まさか、若女将がこの契約の引き換えとして、その肉体を二人の男に奪われたなど、誰も思っていないだろうし、その優美なたたずまいからは、想像できないだろう。

政子がつづけた。

「これからしばらくは、古澤さまにうちの建て直しのために采配《さいはい》をふるっていただきます。古澤さまのお言葉は、わたしや若女将の言葉だと思って、みなさん、協力するように。わかりましたね……古澤さま、どうぞ」

政子に勧められて、古澤は中央に立ち、あらかじめ用意しておいた建て直し策を発表する。

「ここの借金はうちが立て替えた。だが、問題はこれからだ。赤字つづきだった経営を早急に建て直さないと、ここは同じことを繰り返し、やがて、倒産する。みなさんが職を失うことになる。それでは、困るだろう？」

問いかけると、従業員が一様にうなずいた。

「具体的なプランは四つある。ひとつ目……まずは、湯女《ゆな》制度をはじめる。湯女というのは、江戸時代からあった制度で、訓練を受けた女性が銭湯や温泉でお客さまの背中をお流しするものだ。こうすれば、湯女めあてのお客さまがやってくる。ウワサがウワサを呼んで、間違いなく客が増える。幸いにして、ここは貸切り風呂《ぶろ》が多い。何人か湯女を連れてくるが、希望者がいたら名乗り出てくれ。お金のほうは弾む」

湯女制度には裏がある。

背中を流したあとで、客の要望があれば、性的なサービスを行う。実際、江戸時代の湯女はそういうことをしていた。

もっとも、それが原因で風紀が乱れるという理由で、湯女制度は廃止になっているのだが……。

従業員がざわついている。

仲居には、湯女として通用しそうな容姿をした者が何人かいる。上手くいけば、彼女たちを教育して、湯女にしたい。

「静かに！」

古澤は従業員を制して、二つ目を提案する。

「つづいて、食事だが……調査をした結果、この旅館の夕食、朝食にかかる費用が多すぎると判断した。したがって、今後は、今の三割減の費用で食事を提供してもらう」

すぐに、料理長の小野寺が食ってかかってきた。

「それは無理だ。今でも、苦労してやりくりしている。これ以上、食材の費用を削られては、客が満足するものは出せない」

予想どおりだった。小野寺なら、こう出るのはわかっていた。だが、こちらには切り札がある。

「それなら、小野寺さんには辞めてもらう。料理人など、掃いて捨てるほどいる。辞めてもらってもかまわない」

ばっさり切ると、小野寺は何か言いかけて、口を噤《つぐ》んだ。

本来なら、「こんなところ辞めてやる」とケツをまくりたいところだろう。辞めてもらってもけっこうだが、小野寺には辞めたくない理由がある。

小野寺は、広幸が亡くなる前に、「ここを頼む」と頼まれたと聞く。それに、彼は綾乃に惚れている。

したがって、よほどのことがない限り、辞めることはないだろう。そう読んでの提案だった。

「三つ目……ここは仲居が多すぎる。働き具合を見ながら、何人かには辞めてもらう」

宣言すると、仲居のなかから、「そんな！」「ひどいわ！」と声があがる。

「これは、決定事項だ。クビがいやなら、働け。自分が必要な人材であることを身をもって示せ。簡単なことだろ？　クビを切られたくないなら、働け。わかったな」

確信を持って言い、見まわすと、仲居たちが急に静かになった。

「最後に……若女将には、広告塔になってもらう。宣伝の時代だ。テレビや雑誌に出てもらい、ＳＮＳなども積極的に活用してもらう。以上だ……解散だ。これ以上ここにいても、何の得にもならない」

言うべきことを端的に伝えて、余分なことは言わない。それが、従業員を従わせるコツだ。

従業員たちが何か言いたげに去り、古澤は番頭の寺前五郎と具体的な打ち合わせをする。

寺前はここの番頭を長くつづけていて、旅館の実務に関しては詳しい。

六十八歳で、先代の時代からこの旅館にいる。

従業員には厳しく、高圧的で、客に接するときは頭が低い。

典型的な番頭だが、この男は使えると踏んでいた。

女将や若女将に対して忠誠を誓っているように見えるが、実際は違う。

典型的な中間管理職で、自分の身を護《まも》るためなら、何でもするだろう。

いずれにしろ、旅館側にも古澤のプランを実行に移す実務のできる者が欲しい。

寺前なら、理想的だった。

二人だけで、まずは、仲居のリストラ候補をあげてもらい、湯女制度を実行する上での打ち合わせをする。

話が一段落したとき、寺前が訊いてきた。

「古澤さまはまだお若いのに、仕事ができる。何か、コツでもおありになるんですか？」

さぐられていると感じた。

「経験だよ。じつは、若い頃に独立して、会社を潰していてね。一度、どん底に叩き落とされているんだ。そこから這いあがってきたわけさ」

言うと、寺前がなるほどとうなずいた。

古澤は現在四十五歳で、経営コンサルタント会社の社長をしている。それに至るまでは波乱万丈で、それが、古澤をマキャベリストと呼ばれるまでに成長させた。

五年前に二度目の結婚をして、最初の妻との間には、子供がいて、養育費は払っている。

現在の妻との間に愛情はなく、家は帰って寝るだけの場所だった。

女に対して、甘い幻想は持っていない。そんなものは、若い頃に打ち砕かれた。

古澤がビジネスで成功をおさめてからは、女たちが寄ってくる。だが、それが古澤の人格に惹《ひ》かれたわけではなく、ビジネスや金目当てであることはわかっている。

佐倉綾乃だって、結局は旅館を建て直すために、いやいや自分に抱かれたのだ。

男と女の愛情など古澤は信じちゃいない。

いやいやながらも抱かれて、気持ちを身体が裏切っていき、最後は昇りつめてしまう――。

そんな女の本性を目の当たりにするとき、古澤は震えるような悦びを感じる。

そういう意味では、綾乃は最高の愛人だった。

「俺はね、この旅館のなかでは、寺前さんをいちばん信頼しているんだ。俺もずっとここにかかずらわっていけるほど暇じゃないんだ。軌道に乗ったら、寺前さんに采配をふるってもらうつもりだ。よろしく頼むよ」

「ほんとうですか?」

寺前の目がきらっと光った。単純な男だ。

「ああ、そのつもりだ。だから、頼むよ」

「承知いたしました。古澤さまのために、頑張らせていただきます」

「信頼しているよ」

肩をポンと叩いて、古澤は部屋を出た。

2

旅館は建て直しのために動き出していた。

知り合いの地方局のテレビのディレクターに声をかけて、『ガンバレ、女性!』という番組に綾乃を取材するように交渉し、先日、テレビクルーがやってきた。

綾乃は上手く対応していた。

綾乃はテレビ映えし、テレビカメラに映し出された若女将を見た誰もがこの人に逢いたいと思っただろう。

食事関係も小野寺は文句を垂れながらも、どうにか予算内で抑え、かつ客の舌を満足させている。やればできるのだ。

湯女制度のほうも数日前から、はじめている。

東京のソープランドに勤めていた美樹《みき》と歌織《かおり》の二人の女を引き抜いて、働かせている。

夜、古澤は旅館の離れに二人を呼んで、様子を聞いていた。

「どうだ、儲《もう》かっているだろ?」

左右に座っている二人の、ガウンからのぞく太腿に手を置いた。

「そうでもないよ。もっと客を呼んでもらわないと……わざわざ東京からこんな田舎に来たんだからさ」

美樹が口を尖《とが》らせる。

三十二歳で美人顔だが、いかんせんオッパイが小さすぎる。

「そうですよ。ケチな客が多くて、背中を流して、アカすりだけで終わる客ばっかりで、あれじゃあ、ちっとも儲からないわ」

歌織が同調する。

二十六歳で、若さはあるし、オッパイも大きい。しかし、太りすぎている。性格も我儘《わがまま》すぎる。

「それはお前らの持っていき方が悪いからだろう。東京のソープじゃあ、飽きられて、茶を挽《ひ》いていたくせに……お前らがもっとサービスして、口コミでひろがれば、客も増える。サービスが足らないんだよ」

「そんなにクソミソに言わなくてもいいじゃないの。わたしたち、一生懸命やってるんだからさ」

「そうよ」

「お前らな……」

そのとき、部屋の電話が鳴った。

寺前からだった。

客が二人、湯女を依頼してきたと言う。

「わかった。すぐに行かせる」

古澤は受話器を置いた。

「依頼が入った。二人とも行ってくれ。サービスしろよ。おもてなしの気持ちだ」

「わかったよ」

美樹と歌織が部屋を出ていく。

(やはり、あの二人では弱いな……人気の出そうな湯女が欲しい……やはり、あの仲居しかいないか)

古澤は、寺前に電話をかけて、松井純子をここに呼ぶように伝えた。

すぐに、純子が離れにやってきた。

仲居のユニホームであるモスグリーンの着物に、ベージュの帯を締めている。

「失礼します」

と、三つ指をついて、入ってくる。

やはり、かわいい。ボブヘアが似合う、このまま女優として通用しそうなととのった顔立ちをしている。小柄だが、胸がデカいのがいい。二十三歳で肌はぴちぴちだ。

「ここに……」

座卓の前に座らせる。

純子がおずおずと正座して、畏《かしこ》まっている。

これまで随分とドジをやらかしているから、クビを言い渡されるのではないか、と不安なのだろう。

古澤にしてみれば、非常にやりやすい。

「ここに呼んだのは、他でもない。きみはリストラ候補にあがっている。一番手と言っていい。理由はわかるな？　きみは配膳は間違うわ、お膳を落とすわ、とんでもなく熱いお茶を勧めて、客に火傷《やけど》させるわ……」

言っている途中で、純子は座布団をおりて、後ずさり、古澤を怯えた目で見た。

「申し訳ありません。このとおりです」

深々と頭をさげて、額を畳に擦りつけた。

「ダメだな。番頭の寺前さんからも聞いている。いくら注意をしても、いっこうに改まらないようじゃないか。もう、猶予の時間は過ぎたんだよ」

「すみません。わたし、すごく努力しています。絶対に改めます。わたし、若女将に憧《あこが》れていて、将来はああいうふうになりたいんです。だから、今は一生懸命に仲居を勉強して……だから、辞めさせないでください」

いったん顔をあげて、また平伏した。

「ほお、若女将に憧れているのか？」

「はい……」

「では、旅館を辞めたくないんだな？」

「はい……努力します。もう、絶対にドジはしません」

純子が大きな目で見つめてくる。

「ひとつだけ、方法がある……それは、きみが湯女になることだ」

言うと、純子が顔をしかめた。

「でも……湯女って、お客さまとあれをしているって……」

「……あれって？」

「あれです。そのお客さまのものを咥えたり、その……」

純子が頬を赤らめた。

「そのくらいはして当然だろう。そのぶん、儲かるからな。純子だって、お金が欲しいんだろ？」

「……それは」

純子が目をきょろきょろさせる。

「調べたんだが……父親が亡くなって、今は母親が頑張って、きみの弟さんを大学に通わせているそうじゃないか。きみも少しでも学費の足しになればと、仕送りしているらしい。いい心がけだ。どうだ？　湯女をやれば今の何倍も稼げるぞ。仕送りも多くできるだろう？　それとも、きみはまだ処女か？　二十三歳にもなって、まったく経験がなく、男のものを咥えたことがないとか？」

「……違います。男の人はもう何人も知っています！」

純子がきっとにらみつけてきた。

女としてのプライドを傷つけられたのだろう。

「だったら、いいじゃないか。人の目も気になるだろうから、純子だけはただ背中を流し、アカすりをするだけの純粋な湯女だと、みんなには言っておく。旅館を助けるためだ。若女将を助けるためだ」

「……でも……」

「まずは、湯女の仕方を教える。それがいやなら、もう明日から来なくていい。きみはクビだ。それでいいんだな？」

問いつめると、純子はそれはいやっとばかりに首を左右に振った。

3

古澤が貸切り風呂の湯船につかって待っていると、脱衣所から純子が出てきた。

小柄な肢体に、白い湯浴み着をつけた純子は、裸の古澤をちらりと見て、はにかむように目を伏せた。

（なかなか、清純なところもあるじゃないか。やはり、オッパイがデカいな。Eカップか？）

湯女は胸が豊満なほうがいい。

湯浴み着は白い浴衣のような形で、前をはだけて乳房や股間に触りやすく作ってある。

それに、お湯に濡れれば、肌が透け出る。

「じゃあ、洗い方を教えるから」

そう言って、古澤は湯船を出る。

股間からいきりたっているものを見て、純子は一瞬、それに目を釘付《くぎづ》けにされたようで、大きな目をさらに見開いた。

「その前に、純子も寒いだろう。お湯をかけてやるからな」

湯船から手桶《ておけ》で温泉を汲《く》んで、それを純子の肩からかけていく。二杯、三杯とお湯をかけると、薄い布地がお湯を吸って、べっとりと肌に張りつき、肌色が透け出してきた。

濡れた湯浴み着から、丸々とした巨乳と頂上のツンとした乳首が浮き出てきて、

「やっ……」

純子が胸を手で隠した。その手を外させて、

「胸を手で押さえていたら、洗えないだろう？　まずは、背中を流せ」

そう命じて、木製の洗い椅子に背中を向けて、腰かけた。

「わたし、男の人の背中なんか流したことないんですけど……」

　正面の鏡に、純子の不安そうな顔が映っている。

「だから、教えるんだよ。まずは、手でソープを泡立てて、それを背中になすりつけろ。丁寧にな。仕上げは、そのアカすり用の手袋を使えばいい。それまでは、じっくりと男の背中にソープを塗り込め。マッサージするつもりで。それで、男は疲労が取れるんだから。わかったか、返事は？」

「はい……！」

　いい返事をして、純子は泡立てたソープを両手で背中になすりつけてくる。

「そうだ。もっと柔らかく、マッサージをするように。そうだ。上手いぞ」

　お調子者だから、褒めたほうがいいだろう。

「よし、そのまま、胸のほうにも手をまわして……違う。腋の下から手を入れるんだよ」

「ああ、はい……」

「いい感じだ。純子のオッパイが当たっていて、たまらんよ」

　純子が胸を引こうとする。

「いいんだよ、これで。もっとぎゅうぎゅう押しつけろ。男をその気にさせないと、金は稼げないぞ。純子は若いし、胸は大きいし、それなりにかわいい。ちょっとサービスしたら、男はイチコロだ。弟さんに仕送りしてやりたいだろ？　もっと、胸を押しつけて」

「はい……！」

その気になったようで、純子は胸のふくらみを擦りつけながら、胸板にソープを塗りつける。

「ソープが切れた。もう一度、たっぷりと泡立てて……」

「はい……！」

「いい返事だ。純子は見どころがある」

純子が泡立てたソープを胸板に伸ばそうとするので、

「いつまで、同じことをしているんだよ。下のほうをマッサージしろ。おチンチンだよ」

「ここもですか？　まるで、ソープ嬢だわ」

「違う。湯女だ。やるんだ！」

強く言うと、純子はややためらってから、手を下腹部へとおろしていく。

ギンとそそりたっているものに触れ、ハッとして手を引く。

「ダメだ。きちんとソープを塗り込んで、亀頭部から袋まで丁寧に洗うんだよ！」

純子は無言のまま、屹立にソープをなすりつけ、さらに、睾丸《こうがん》袋にも塗りつける。

「いいぞ。そのまま、チンポをしごけ」

「やるんですか？」

「やるんだ」

純子がおずおずと握って、縦に擦る。

くちゅくちゅと音がして、ソープでイチモツを握りしごかれる悦びがひろがってくる。

「はっ、はっ、はっ……」

純子の息づかいがそれとわかるほどに荒くなり、温かい息がかかる。

「何だ？　昂奮してるのか？」

「違います！」

「いや、明らかに息が荒くなっている。純子、お前、好き者だろ。チンポが好きだろ？　硬いやつを握りしごいていると、こいつで自分のオマ×コを貫かれたときを思い出して、オマ×コが疼くんだろ?」

「……違う。違います」

純子が肉棹を放した。

古澤は体を純子のほうに向けて座りなおし、足を大きく開く。

「しごけよ」

言うと、純子は白いソープにまみれて、臍に向かっているものを前から握って、縦に大きく擦りながら、

「はっ、はっ、はっ……」

と、息を弾ませる。

「袋も……」

純子は右手で屹立を擦りながら、左手で睾丸袋を下から持ちあげるようにあやしてくる。

顔はほんのりと紅潮し、湯浴み着から透け出した胸の頂が、さっきより明らかに尖っている。

「最近していないんだろ?」

訊くと、純子が無言でうなずいた。

「恋人とは別れたのか?」

「……半年前に」

「そうか……それは寂しかったな。純子はフェラが好きだろ? もう、しゃぶりたくて仕方ないって顔をしている。しゃぶってくれないか?」

最後は下手に出る。こうしたほうが、妙な反発心を買わなくて済む。

すると、純子はお湯で前を流し、前に屈《かが》み込むようにイチモツの根元を握り、余った部分を舐めてくる。

茜色にてかつく亀頭部にちゅ、ちゅっとかわいくキスをし、鈴口に沿って舌を走らせる。ちろちろと弾き、周囲をぐるっと舐める。

舌を螺旋《らせん》状に動かして、亀頭部を責めてくる。

「上手いじゃないか。見直したよ。これだったら、充分行ける。きっとお前が稼ぎ頭になる。ナンバーワンだろうな。稼げるぞ」

純子はまんざらでもないという顔で見あげ、今度は頬張ってきた。

包皮をぐっとさげて、張りつめた雁首を中心に咥え、ずりゅっ、ずりゅっと力強く唇をすべらせる。

「いいね。もう少し小刻みに頭を振ってみろ……そうだ。つらいかもしれないが、男はこれがいちばん感じる。そうだ、そう……舌を使えよ。舌が遊んでるんだよ。ストロークしながら、時々、舌をからみつかせろ。そうだ、いいぞ。左手が遊んでるだろ？　袋を揉め。そうだ……くっ、強すぎる。そんなにされたら、キンタマがつぶれるだろ？　やさしく、大切なものを扱うようにな。そうだ、それでいい……」

古澤はもたらされる快感に酔いしれる。

「よし、今度は俺がマットに寝るから。パイズリしろ」

「パイズリはやったことがありません」

「せっかくの巨乳を活かしていないとはね……」

古澤はバスマットに仰臥して、パイズリを教える。

純子は湯浴み着の前を開いて、たわわな乳房にソープをなすりつけ、泡立て、前屈みになって屹立を挟みつける。

こちらを向いて、左右の乳房でいきりたつものを包み込み、左右から圧迫しながら、右と左の乳房を交互に揺する。

亀頭部がかろうじて、乳房の間から顔を出し、その状態でほんとうに柔らかくてたぷたぷした巨乳でマッサージされると、パイズリでしか味わえない快感がひろがってきた。

「せっかくかわいい顔をしているんだ。パイズリしながら、男を見てやるんだ。気持ちいいですか？　わたしはあなたの奴隷です――という気持ちを込めてな。そうだ、それでいい……」

純子はくちゅくちゅと左右の乳房で肉の柱を揉み込みながら、ちらり、ちらりと見あげてくる。

目がぱっちりしていて、睫毛が長い。

下を向いているから、オッパイがいっそう量感を増して、その白くたわわなふくらみを交互に上げ下げされると、温かさと柔らかさが入り交じって、途轍《とてつ》もなく気持ちがいい。

「よし、今度はソープをたっぷり塗れ。そうだ……そのままシックスナインで俺に乗れ。オッパイを擦りつけるように前後に動いて……」

「こうですか？」

「そうだ。上手いぞ」

古澤は湯浴み着の裾をまくりあげる。すると、ややこぶりだが、形のいいヒップがあらわになる。

そこにソープをなすりつけながら、両手で円を描くようにして尻たぶを撫でまわす。

「ぁあぁ、恥ずかしいよ」

そう言いながらも、純子は逆からパイズリをして、勃起を巨乳で包み込み、マッサージする。

(そのへんのソープ嬢よりもエロいな。昼間は仲居をやらせるか? 客は純子の仲居姿を見ている。夜になれば、がらりと変わって湯女になる。これは受ける。ギャップ萌《も》えする)

古澤は自分の性欲を我慢できなくなった。

「咥えろ。そうだ。舐めるぞ」

ぐいと尻を引き寄せて、尻たぶの底に顔を寄せる。

純子は陰毛が薄く、やわやわした若草のような繊毛は下地が見えるほどで、ふっくらとした肉厚の肉びらもはっきりと見える。

わずかにひろがった狭間は鮮やかなピンクで、複雑に入りくんだ襞がぬらぬらと光っている。

粘膜に舌を走らせ、陰核を指で捏ねる。

口をのぞかせている膣口に舌を出し入れすると、

「んんんっ……んんんっ……ぁあああ、ダメっ……」

純子が肉棹を吐き出して、腰をもどかしそうにくねらせる。

古澤はその腰をつかみ寄せて、

「ダメだろ？　ご奉仕をつづけろ。自分が気持ち良くなっても、咥えつづけろ。自分の快楽を求めるな。返事は！」

「はい……」

いい返事をして、また、純子が頬張ってくる。

古澤が合わせ目に中指を押し当てて、鉤形《かぎ》に曲げると、ぬるりとすべり込んでいって、

「くぅぅぅ……！」

純子が肉棹を頬張ったまま、呻いた。

ぐちゅぐちゅとなかを掻《か》きまぜながら、

「ストロークをしろ。もっと！」

叱咤する。と、純子は言われるまま、勃起を頬張り、顔を打ち振って、唇を往復させる。

（素直な女だ。性格がいい）

古澤は中指を腹側に当てて、Ｇスポットを押しながら擦る。

まったりとして、包容力のある膣だった。

全体が肥えていて、やさしく包み込んでくる。それでいて時々、ぎゅ、ぎゅっと指を締めつけてくる。

ジュルル、ジュルル……。

純子が唾音とともに肉棹を啜る音が聞こえる。それから、

「んっ、んっ、んっ……」

怒張に唇をすべらせる。

欲望に負けたのか、ちゅるっと吐き出して、それを握り、

「ぁああ、ああああ、ゴメンなさい。もう欲しいよ。これが、欲しいよ」

こらえきれないとでも言うように、勃起を握りしごいた。

4

「いいぞ。乗ってこい！」

純子が湯浴み着を脱ぎ捨てて、向かい合う形でまたがってきた。

下から見ると、胸のふくらみがいっそう大きく映る。

オッパイに較《くら》べて、顔が小さい。

自分が湯女の訓練をしているという意識はすでになくなっているのだろう。ひとりの女になった純子が、亀頭部を淡い繊毛の底に擦りつけ、慎重に沈み込んできた。

いきりたちが蕩けた肉路をこじ開けていき、

「ぁあああうぅぅ……！」

純子は顔を撥ねあげて、上体をほぼ垂直に立てる。

挿入の悦びを満面にあらわしながら、すぐに腰は動きはじめる。

ぺたんと両膝をついた姿勢で、大きく腰を前後に振って、

「あああ、気持ちいい……硬いのがぐりぐりしてくる……ぁああ、あうぅぅ」

純子はととのった顔を歓喜にゆがめる。

いきりたつものが柔らかな粘膜に揉みしだかれ、ぐにぐにと奥を犯していくのがわかる。

見守っていると、純子が両膝を立てた。

最初は前後に振っていたが、物足りなくなったのか、上下に腰を振りはじめた。持ちあげた尻をストンと落として、

「あんっ……！」

と、喘ぐ。

またすぐに引きあげていき、頂点から落とし込み、その状態で腰をグラインドさせる。

「いいねえ。お前の天職だな。仲居には向いていないが、娼婦には向いている。そうら、もっと腰をつかえ。男を悦ばせろ」

「ぁああ、あああああ……気持ちいいの。おかしくなりそう」

「どこが、気持ちいいんだ？」

「オマ×コ。純子のオマ×コ……ぁああ、あんっ……あんっ……」

純子はスクワットでもするように腰を激しく上下動させて、愛らしい声をスタッカートさせる。グレープフルーツのような乳房もぶるん、ぶるるんと豪快に縦に揺れる。

「こっちに……」

純子が上体を倒して、抱きついてくる。

古澤は胸のなかに潜り込んで、乳房をつかんだ。揉んでも揉んでも底の感じられないふくらみを揉みしだき、透きとおるようなピンクの乳首を口に含んだ。チューッと吸うと、

「ぁああんんん……！」

純子が顔を撥ねあげた。

同時に、膣がイチモツをぎゅ、ぎゅっと締めつけてくる。

乳房に顔を埋めるように吸った。

豊かすぎて、息ができない。吐き出して、突起に舌を走らせる。

「ぁあああ、あああ、いいの……いいのよぉ……」

純子ががくん、がくんと身体を震わせる。

(初めての俺に対して、こんなに感じるんだから。客にも充分対応できそうだな。この女が指名ナンバーワンだろうな)

うれしくなって、左右の乳首を交互に舐めながら、巨乳を揉みしだく。

「ぁああ、ああああ……気持ちいい。気持ちいいよぉ……」

純子が乳首を吸われながらも、もっとちょうだいとばかりに腰を揺らめかせる。

「キスしろ」

命じると、純子はためらうことなく唇を合わせてくる。こぶりで、ぷるるんとした唇がなかなかいい。舌をからめると、純子も情熱的に舌をつかう。

そのまま、腰を撥ねあげてやる。

いきりたつものが斜め上方に向かって、膣肉を擦りあげていき、

「んっ……んっ……んっ……ぁあうぅぅ」

純子は声をくぐもらせながらも、一心不乱に唇を重ね、舌をからませてくる。

古澤はいったん結合を外して、純子を立たせ、総檜《そうひのき》の湯船につかまらせる。腰を後ろに引き寄せて、後ろから立ちバックで押し込んでいく。

「ぁあああ、すごい……！」

純子は身体を直角に折って、尻を後ろに突き出す。

「あんっ、あんっ、あんっ……」

突くたびに、かわいらしい喘ぎを噴きこぼし、もっとちょうだいとばかりにぐいと尻をせりだしてくる。

古澤は腋から手をまわし込んで、乳房をとらえた。

たわわすぎるオッパイを荒々しく揉みしだき、その量感を味わった。

ただ一箇所、硬くせりだしている突起をつまんで転がすと、

「あ、それっ……ぁああ、あああああああ、ダメっ……イキそう。もう、イッちゃう！」

純子が訴えてくる。

「ダメだ。まだ、イクな。イクなよ」

そう言って、乳首を捏ねながら、後ろからえぐりたてる。

純子は必死にこらえているようだったが、やがて、我慢できなくなったのか、

「ダメ……イッちゃう。イッていいですか？」

「しょうがないな。いいぞ。イッていいぞ」

古澤が腰をつかみ寄せて、大きく強いストロークを叩き込むと、

「あん、あんっ、あんっ……ぁああ、イク、イっちゃう……やぁあああああぁぁぁあぁあ、くっ！」

純子は顔を撥ねあげると、がくん、がくんと腰を前後に揺らしながら、洗い場に崩れ落ちた。

二人用の湯船のなかで、古澤は縁に手をかけ、その両足を純子の肩にかけてい

る。そして、純子は密林からそびえたつ肉のトーテムポールに舌を走らせている。

ソープでもやる潜望鏡フェラだが、これも教え込むことにした。

「しっかり、男の足を支えて……そうだ。そのまま……」

純子がうつむいて、お湯から突き出した肉の潜望鏡を頬張ってくる。

いっぱいに口を開けて、唇をからませ、ずりゅっ、ずりゅっとしごいてくる。

無色透明のお湯からは白い湯けむりがあがり、それが、純子の姿をぼんやりとさせ、幻想的でもある。

（ああ、気持ちいい……極楽だ）

透明なお湯からは、白い風船のような乳房とピンクの乳首が透け出ている。純子は先端にちろちろと舌を走らせ、上目づかいに古澤を見る。

「デカい目だな。睫毛も長い。男にモテモテだっただろ?」

言うと、純子は亀頭部を舐めながら、ふっと口許をゆるめた。

「湯女を卒業したら、どこか芸能プロダクションでも紹介してやるよ」

「ほんと、ですか?」

「ああ……芸能人はギャラがいいからな。弟さんの学費なんか、あっという間に貯まる。そのためにも、まずは湯女を頑張ってくれ。いいな?」

「はい……やってみます」

「そうだ。それでいい……しゃぶってくれ」

純子が本格的に頬張りはじめた。

肉の潜望鏡に唇をからめ、大きく顔を打ち振って、しごいてくる。時々、舌もからめてくる。

単純な女だが、やると決めたことには脇目《わきめ》も振らずに邁進《まいしん》するタイプなのだろう。

こういう女はその気にさせておけば、使える。

純子はジュブッ、ジュブッと唾音とともに、一心不乱に唇をすべらせる。

「いいぞ。またがれ。自分から入れろ」

「はい……」

古澤が湯船のなかで胡座をかくと、純子が向かい合う形でまたがってきた。お湯のなかでイチモツをつかみ、膣口をさぐりながら、ゆっくりと沈み込んでくる。

古澤の勃起が、お湯より熱い肉壺《にくつぼ》をうがっていき、

「あうぅ……！」

純子がのけぞりながら、肩にしがみついてきた。

求めずとも、唇を合わせてくる。

舌をからませながら、純子は腰を振る。

お湯が波打ち、

「ぁああ、いいの。おかしくなりそう……」

純子が顔を離して、ぎゅっと抱きついてくる。

古澤はお湯から顔を出している乳房をつかみ、揉みしだく。温められて、ピンクの濃くなった乳首を舐めしゃぶると、

「ぁあああ、気持ちいい……嵌められて、乳首を舐められると、すごく気持ちいい……」

純子が耳元で言う。

「好き者だな。覚えておけよ。自分がよくなることが目的じゃない。客を気持ち良くすることがいちばんだ」

「はい……」

「まあ、いい。湯女が本気イキすれば、客は大満足する。自分のセックスはすごいと思えるからな」

古澤は乳房に貪りついて、温かいくふくらみを揉みあげながら、乳首を舌であやす。

「ぁああ、ダメ……また、イッちゃう！」

「二度目か……ほんとうに好き者だな。その前に、俺をイカせろ。射精させろ。それからだ、イクのは」

「はい……」

純子は肩につかまって、大きく腰を振る。前後に揺すって、グラインドさせる。

「その程度ではイケないな」

「ぁああああ、あんっ、あんっ、あんっ……」

純子が縦に動きはじめた。

腰を上げ下げすると、お湯がちゃぷちゃぷと波打ち、純子の裸身も弾む。

「いいぞ。それとさっきの動きを組み合わせろ」

純子は腰を縦につかいながら、前後左右にも振る。

「あん、あん、ぁあああ……出して。出してください」

「もう少しで、出そうだ。ほら、精液を搾り取れ」

「はい……あん、あん、あんん……」

純子は大きく顔をのけぞらせて、全身で攻めたててきた。

射精前に感じる甘い陶酔感がさしせまったものに変わった。

「いいぞ、出そうだ」

「あん、あん、ぁあああん……」

「出るぞ、出る……くっ」

最後は自分から突きあげていた。

熱いものが迸《ほとばし》り、純子はしがみつきながら、がくん、がくんと躍りあがっている。

第五章　板前の恋

1

　その夜、綾乃は小野寺誠一に話があるからと彼の部屋に呼び出された。着替える暇もなく、客に接していたときの着物をつけていて、髪も結ったままだ。

「綾乃ですが……」

　部屋の外で声をかけると、

「どうぞ」

　小野寺がドアを開けて、なかに招き入れてくれる。

　従業員用の部屋に、小野寺は住んでいる。

　テーブルの前に座り、部屋を見渡す。小野寺の部屋に入ったのはこれが初めてだ。だいたい、話は調理室で済ませてきた。

　小野寺があえて自室に呼んだのは、絶対に話を他人に聞かれたくないからだろう。それほどに大事な話だということだ。

シャツにズボンというラフな格好の小野寺は挽きたてのコーヒーを淹れて、テーブルに出す。

口をつける。美味しい。小野寺クラスの料理人ならコーヒーも自在な味が出せるのだろう。

小野寺が渋い顔を作った。

「若女将は、旅館がこの状態で満足なさっているんですか？」

こういう話だろうと予想はしていた。

小野寺にとって、今の旅館は耐えられないはずだ。

「確かに、客は増えた。しかし、湯女は客を取っている。これでは、娼婦宿だ。仲居も何人か、クビを切られた。それに、これだけ食材費を削られては、さすがに俺でも満足な料理は出せない……綾乃さんが同意してやっているとは思えない。まったく、若女将らしくない。いや、逆行している……取引があるんじゃないですか？　俺には若女将が弱みを握られて、やむを得ず認めているとしか思えない……何かあるのなら、話してください。相談してください。俺はいつもあなたの味方だ。わかってるでしょ？」

言葉のひとつひとつが胸に突き刺さる。

今、綾乃は孤立している。

女将も番頭の寺前さえも、古澤の言いなりで、綾乃が反対しても、簡単に無視される。

この孤立状態で、小野寺だけが頼りだった。

しかし、事実を打ち明けたら、正義感の強い小野寺は何をするかわからない。

「……ゴメンなさい。内々のことは話せないんです」

そう誤魔化しながらも、綾乃の胸は痛む。

すると、小野寺が言った。

「聞きましたよ」

「えっ……」

「綾乃さんは、ここを建て直すために、古澤に抱かれていると……あいつに資金援助をしてもらうために、身体を売ったと……今も時々、相手をしていると」

「……デタラメです。そんなこと、誰に聞いたんですか?」

「……松井純子ですよ。純子は今や湯女のナンバーワンですからね。その彼女に気を許した古澤が、自慢げに話したそうですよ。ここの資金援助をするための交換条件として、若女将の身体を要求し、あなたはそれを受け入れたと。若女将は俺の愛人なんだ。今も求めれば、俺のチンチンを悦んでしゃぶってくれると……」

そうまくしたたる小野寺の表情が険しいものになった。

ぎりっとにらみつけられて、綾乃はたじたじとなる。

「ウソであってほしかった。だが、俺には純子がウソをつけるような女には見えない。ウソをついているとしたら、古澤のほうだ……それからは、古澤と若女将の行動を監視させてもらった。一昨日《おととい》、古澤がうちに泊まった。その夜、若女将は離れに行って、出てこなかった。悪いとは思ったが、覗かせてもらった。若女将があいつに抱かれる姿が障子越しに見えた。古澤の言っていることは事実だった」

もっとも知られたくない人に、知られてしまった。

綾乃は自分をぎりぎり保ってきたものが、音を立てて崩れていくのを感じた。

「もうウソはつかないでほしい。事実を教えてください」

「じつは……」

と、綾乃はこれまでの経緯を手短に話した。最後のほうは涙ぐんでしまって、言葉にはならなかった。

それを黙って聞いていた小野寺が、言った。

「綾乃さんは、それでいいんですか？　そんなやり方で旅館を建て直したとしても、それを亡くなった広幸さんは喜ぶでしょうか？」

綾乃は無言のまま、小野寺を見る。

小野寺の言うとおりだった。ずばりと指摘されると、自分は間違ったことをしたという気持ちが強くなる。

「辞めたら、いいんです、こんなところ。俺も辞めます。二人で逃げて、どこかで新しくやり直しましょう。綾乃さんと一緒ならできる。二人でなら、やれますよ」

まさかの提案に、綾乃は戸惑った。

（そうか、そういうやり方があったのか……でも、それでは、広幸さんが建て直した旅館から逃げることになる。それに、女として広幸さんを裏切ることにならないか？）

すぐに答えを返せずにいると、小野寺が席を立ち、テーブルをぐるっとまわって、綾乃の後ろに立った。

「ずっと、あなたが好きだった。若旦那の健在なときから、あなたに横恋慕していた……」

後ろからぎゅっと抱きついてくる。

綾乃も、小野寺に好意を抱きつづけてきた。だが……。

「広幸さんがお亡くなりになって、もう二年が経つ。三回忌も終わった。もう綾乃さんは自由になったんですよ。俺と逃げましょう」

「でも……わたしは穢されているんですよ」

「結婚してもいいと思っている。綾乃さんは俺のこと、嫌いですか？」

「好きでした……でも、もうわたしには小野寺さんを愛する資格がないんです。わたしは古澤の女なんですよ」

「あんなやつ……綾乃さんはあいつのことなど、これっぽっちも愛してはないはずだ。綾乃さんは旅館のために我が身を犠牲にしている。間違ってる。今なら、まだ……」

小野寺は綾乃を立たせて、正面から抱きつこうとする。

「いけません……あなたにも迷惑がかかる。もうこれ以上……んんんんっ」

綾乃の言葉が途中で途切れた。

小野寺にキスをされたのだ。

「……いけません」

必死に突き放した。

「あんなやつ、俺が綾乃さんの身体から追い出してやる。嫌悪しか感じない男に抱かれていちゃ、ダメだ。自分を貶《おとし》めることになる。俺があなたを守る」

力強く言って、ふたたび唇を重ねてくる。

小野寺をこの泥沼に引きずり込みたくはなかった。

たとえ二人で逃げたとしても、古澤は執拗に追ってきて、二人は捕まるだろう。小野寺はまだ古澤の怖さを知らない。

小野寺を巻き込んではいけない。そのためには、拒むべきだ。

突き放そうとした。

だが、小野寺は身体も筋肉質で、胸板は厚く、力も強い。

女の力では到底太刀《たち》打ちなどできない。胸板を叩いていた拳《こぶし》をつかまれて、ぐいと横抱きにされた。

そのまま、隣室のベッドに運ばれていく。

2

小野寺誠一はベッドに倒れ込むようにして、着物姿の綾乃を横たえ、覆いかぶさっていく。

こうなったからには、もう逃がしはしない。

「綾乃さんはここにいてはいけない。俺が救い出す」

思いを告げると、綾乃は複雑な思いなのだろう、ぎゅっと唇を噛んで、顔をそむけた。

後ろで結われた黒髪から、ふっくらとして形のいい耳があらわになっている。

耳殻にキスをすると、

「あっ……！」

綾乃がびくっとして、肩をすくめる。

ほのかに赤らんできた耳たぶをねぶり、そのままキスを首すじにおろしていく。

着物を着ている女は、襟足や衿元が色っぽい。綾乃の楚々とした襟足には、とくに惹かれる。

「……いけません。小野寺さんを巻き込みたくないんです」

綾乃が悲しそうに言う。

「もう巻き込まれてるよ。綾乃さんは自分を犠牲にすることで、救われた気になっている。それはもうやめたほうがいい。俺がどうにかするから」

ふたたび唇を合わせ、着物越しに胸のふくらみを揉んだ。

「いけません。ほんとうに、いけ……ぁあうぅ、ぁああ、知りませんよ。どうなっても知りませんよ」

「わかっている。その覚悟はできている。俺を信用してほしい。俺に身をゆだねてくれ」

「……面倒なことになりますよ」

「いいと言っているだろ?」

小野寺は首すじにキスをして、胸を揉みしだいた。

「…………んんんっ……んんんんっ」

綾乃はくぐもった声を洩らしながら、立てた膝を内側へとよじりたてる。

白い長襦袢がはだけて、ふくら脛がのぞき、白い太腿もちらちら見える。

自分は若旦那に見いだされて、この旅館の料理長になった。それ以来、ひたすら尽くしてきた。若旦那が亡くなったあとも、綾乃のために精一杯の努力をしてきた。

綾乃のことはずっと好きだったが、古澤がこんな馬鹿げたことをしなかったら、手を出しはしなかった。

古澤の愛人であることがわかったときは、正直言って、引いた。しかし、それもすべて、若女将が旅館を建て直すために自分を差し出したのだ。

そんな綾乃を地獄から救い出したい。同時に、自分のものにしたい。

料理長と女将が一緒になれば、絶対に上手くいく。それが、綾乃のためにもなるのだ。自分を見いだしてくれた若旦那には申し訳ないという気持ちもあるが、『綾乃のことを頼むよ』とも遺言された。

これは、綾乃を地獄から救い出すためにしていることだ。

小野寺は右手をおろし、着物と長襦袢をたくしあげ、太腿を撫でた。

白粉《おしろい》でもかけたようななめらかな肌をさすると、膝が締められる。

だが、さすりつづけるうちに、膝の力が抜けた。

下腹部に指で触れると、綾乃は唇を離して、いやいやと首を振りながら、ぎゅうと太腿をよじりたてる。

かまわず、柔らかな繊毛の底を撫でていくうちに、花園がそれとわかるほど濡れてきて、

「あっ……あっ……ぁあああ、わたし……あぅぅぅ」

綾乃は右手の人差し指を嚙んで、顔をそむけた。

感じているのだ。

若旦那は性的にも積極的のようだったから、結婚してセックスを重ね、綾乃の肉体は花開いていたのだろう。

そして、一度開発された肉体は、ちょっとしたキッカケでまた当時の感受性を取り戻す。おそらく、古澤が綾乃に当時の性感を呼び戻したのだ。

悔しいが、しょうがない。

(俺が、身体から古澤を追い出してやる)

小野寺はストライプの着物の衿元から手を入れて、じかに乳房を揉んだ。

着物の上から見るよりも、実際に触ったほうが豊かに感じた。綾乃ももう三十三歳。身体は完全に熟れているのだろう。

柔らかな肉層を味わい、硬くなっている乳首を指でいじると、

「ぁああ、あああ、恥ずかしい……小野寺さん、わたし自分が恥ずかしい」

綾乃は今にも泣きださんばかりに眉を八の字に折りながらも、自分からおずおずと膝を開く。

片方の膝がシーツに落ちて、白い太腿があらわになり、すべすべの内腿をなぞると、白足袋に包まれた親指がぎゅうと外側に反り、内側に折れ曲がる。

小野寺は下半身のほうにまわり、膝をすくいあげた。

着物と長襦袢がはだけて、黒々とした翳りの底に、女の花が妖しいほどに濡れ光っていた。

そこには馥郁《ふくいく》たる女の香がこもっている。顔を埋めて、翳りの底に舌を這わせると、

「あ、いやっ……汚いわ。許して……いや、いや、いや……はぅぅぅ」

綾乃は最後に顎を突きあげる。

膝を持ちあげたまま、狭間に舌を分け入らせて、奥の粘膜を舐めた。

肉びらの発着点のすぐ下に、かわいらしい突起がわずかに顔をのぞかせている。

花蜜を舌ですくいとりながら小さな突起に塗りつける。下からなぞりあげ、舌を横揺れさせると、

「あっ……あっ……」

綾乃がびくっ、びくっと震える。

突起がそれとわかるほどに大きくなり、その珊瑚《さんご》色の肉芽を今度は上下に舐める。舌先を躍らせて、素早く上下に振ると、

「ぁあああ、ああああぁ……！」

綾乃が抑えきれない喘ぎを長く伸ばした。

「気持ちいいんだな？」

「……」

「綾乃さんの言葉が聞きたいんだ。気持ちいいか？」

「……はい」

うなずいて、綾乃は大きく顔をそむける。耳のあたりが真っ赤に染まっている。

これが欲しかった。自分の愛撫で、愛する女が性感を昂らせているのだという実感が欲しかった。

小野寺は肉びらを舌でなぞりあげ、狭間を舐める。

「ぁあああ、恥ずかしい……恥ずかしい……ぁあうぅぅ」

そぼ濡れる下腹部がもっともっととねだるようにせりあがってきた。

肉びらがひろがって、鮭紅色の内部が顔をのぞかせる。そこに丁寧に舌を這わ

せるうちに、綾乃はもう我慢できないとでも言うように、恥丘をせりあげ、濡れ溝を擦りつけてくる。

身体が反応してしまっているのだ。

ふたたび、陰核に舌を走らせる。

かるく吸うだけで、綾乃は「ぁあああぁぁ」と声をあげ、それを恥じるように右手の指を噛んだ。

白足袋に包まれた足を自ら持ちあげ、がくん、がくんと震えだした。

(イクのか……?)

小野寺はここぞとばかりに、舌を横に振って突起を弾き、さらに、上下に素早く舐める。

顔を振って、上下動を速めながら、つづけていくと、腰に痙攣が走った。

「ダメっ……イッてしまう」

「いいんだぞ。イッて……イッてほしい」

明らかに肥大した陰核を吸い、左右に弾き、縦に舐めるうちに、綾乃の様子が切羽詰まってきた。

白足袋に包まれた足指を外側へと曲げて、足裏を反らせ、恥丘をせりあげている。

あふれだした蜜と唾液で花芯はぬらぬらと光り、粘膜がうごめいている。

「ぁああ、ダメッ……くっ！」

綾乃がシーツを鷲づかみにして、顔をのけぞらせた。

それから、ぐーんと弓なりになって腰を持ちあげ、がくん、がくんと痙攣し、横向きになって胎児のように丸まりながら、息を荒らげている。

3

裸になって、小野寺はベッドに入る。

近くで、綾乃が背中を向けて、帯の結び目をほどき、帯を解いている。

シュルシュルッという衣擦《きぬず》れの音とともに、金糸の入った帯が床にとぐろを巻いた。

さらに、綾乃はストライプの着物を肩からすべり落とす。

格子柄の光沢ある白い長襦袢には半帯が締められ、むっちりとした尻を包み込んでいる。

長襦袢の裾と白足袋の間には、流線型の形のいいふくら脛が見えている。

綾乃はくるりと振り返って、ベッドに入ってきた。

こんな日がいつか来たら、と願っていた。

左手を伸ばすと、綾乃は腕を枕にして横臥し、小野寺のほうを向く。

胸板をなぞり、何かを待ちわびるように時々、小野寺を見る。

かわいい女だ。きっと亡夫相手にも同じようなことをしていたのだろう。

（あとは自分に任せてくれ。綾乃さんをここから救い出すから）

今は天国にいるだろう広幸に向かって言う。

と、綾乃が上体を起こして傾け、小野寺の胸板に顔を寄せた。

小豆《あずき》色の乳首にちゅっ、ちゅっと接吻し、胸板を撫でてくる。

そのキスと愛撫が絶妙で、触れられているところから、ぞわぞわっとした戦慄が流れ、それが下腹部のイチモツを力強くさせる。

キスが腹部へとおりていき、イチモツがいっそう力を漲らせた。

すでに髪は解いていて、長い髪が枝垂れ落ち、柔らかな毛先が肌をくすぐってくる。

綾乃は臍を舐めながら、黒髪をかきあげる。

小野寺をちらりと上目づかいに見あげ、はにかみ、そのままキスをさらに下へとおろしていった。

小野寺の開いた足の間にしゃがみ、いきりたちをつかんで、側面をツーッ、ツーッと舐めあげてくる。

唾液を載せたなめらかな舌が這いあがると、分身がますますギンとして、力強さを増す。

さらに、亀頭部に舌を走らせながら、皺袋をあやしてきた。

（ああ、綾乃さんが、俺のキンタマを……！）

綾乃が小野寺の開いた足の片方をまたいだ。

何をするのかと見ていると、裏筋を舐めあげながら、それと同じリズムで太腿の奥を擦りつけてくる。

白い長襦袢の前が開いて、黒々とした繊毛が見える。そして、綾乃は翳りの底を向こう脛《ずね》になすりつけるようにして、裏筋に舌を走らせるのだ。

（こんなことまで……！）

向こう脛に触れている恥肉はそれとわかるほどに濡れていて、それが上へ下へとすべりながら、脛を擦ってくる。

感激した。あの若女将がこんなことまでしてくれるのだ。

(何だってするからな。綾乃さんのためなら、何だって……)

綾乃は黒髪をかきあげて、自分のしたことを恥じるように微笑んだ。

それから、足をまたぐのをやめて、真下から舐めてくる。

ぐっと姿勢を低くして、皺袋に丁寧に舌を走らせ、裏筋をツーッと舐めあげる。

根元をつかんで包皮を押しさげ、張りつめた亀頭冠の裏にちろちろと舌を走らせた。

裏筋の発着点を丁寧に舐め、ぐるっと一周させて亀頭冠のカリに舌をまとわりつかせる。また、亀頭冠の真裏を刺激しながら、様子をうかがうように小野寺を上目づかいに見る。

乱れた前髪からのぞく、アーモンド形の目が途轍もなく色っぽかった。

綾乃は目を伏せ、ゆったりと顔を打ち振る。

「おおっ、くっ……!」

小野寺はうねりあがる快感に、酔った。

ふっくらとした唇が適度な圧迫感でもって、締めつけながら、スムーズにすべり動く。

「んっ、んっ、んっ……」

そのピッチがあがり、熱い塊がふくらんできた。

すると、綾乃はちゅるっと吐き出して、今度は側面を横笛でも吹くようになめらかにすべらせ、唇と舌で刺激してくる。

乱れ髪が美しい顔を半ば隠し、持ちあがったヒップには白い長襦袢が張りついて、その丸みがたまらない。

綾乃は顔をあげて、下を向いた。

次の瞬間、白く泡だった唾液がたらっとしたたって、亀頭冠に落ちた。

と、綾乃は指で鈴口をひろげながら、唾液を細めた舌で塗り込んでくる。

ここまでしてくれるとは思わなかった。

おそらく若旦那に仕込まれたのだろうが、綾乃のように美しい女がここまでご奉仕をしてくれるとは……。

舌先が尿道口にすべり込んで、内臓をじかに舐められているような不思議な快感がひろがってくる。

その間も、綾乃は根元を握り、ゆったりとしごいてくれる。

「ああ、おおっ……！」

うねりあがる快感に唸《うな》っていた。

すると、綾乃はまた頬張ってきた。

今度は口だけで、いきりたちを一気に根元まで咥え、ぐふっ、ぐふっと噎せた。

苦しいはずだ。だが、吐き出そうとはせずに、奥まで頬張りつづける。

なかで舌がからみついてきた。

ねろり、ねろりと裏側で舌がうごめき、ねぶりあげてくる。

それから、ゆっくりと唇を引きあげながら、チューッと吸い込んでくる。

真空状態になった口腔に、イチモツがふくらんでいくような快感に、小野寺は「くっ」と呻き、下腹を突きあげる。

すると、綾乃は黒髪をかきあげ、ちらりと小野寺を見た。

「気持ちいいよ」

思いを伝えた。

綾乃は安心したように口角を吊《つ》りあげ、顔を上げ下げする。

柔らかな唇が適度な圧迫感でもって、上下にすべる。

ひそかに慕っていた綾乃が、今、自分のイチモツを一生懸命にしゃぶってくれているのだ。これ以上の至福があるとは思えなかった。

分身が蕩けながらふくらんでいく。

と、綾乃はまたぐっと根元まで頬張り、そこで、チューッと吸いあげる。

乱れ髪の隙間《すきま》から、左右の頬が大きく凹んでいるのが見える。

頬を凹ませながら、速いストロークで上げ下げされると、それを綾乃のなかに入れたくなった。

「綾乃さん、そろそろ……」

言うと、綾乃はちゅるっと吐き出して、後ろ向きにまたがってきた。

長襦袢をはしょるようにして、尻をあらわにし、いきりたつものを導いて、ゆっくりと沈み込んでくる。

唾液まみれの肉柱が尻の底に沈み込んでいき、

「あっ、くっ……！」

綾乃は迎え入れて、小さく呻く。

受け入れただけで感じているのか、がくっ、がくっと小さく震えた。

左右の尻たぶが引き締まって、膣も肉棹を締めつけてくる。

と、綾乃が前に倒れて、身体を前後に振りはじめた。

ハート形にふくらんだ、真っ白な尻が揺れ、その底に、血管を浮かばせた肉の塔が嵌まり込み、出入りしている。

三十三歳という年齢に相応《ふさわ》しい肉感的な双臀が、女の豊穣《ほうじょう》さを伝えてきて、見入ってしまう。

そのとき、向こう脛に何かが触れた。

綾乃の舌だった。

腰を前後に振りながら、その勢いを利用して、向こう脛に舌を走らせているのだ。

目を閉じていたならば、それが舌だとは思えないだろう。つるっとした適度にしなやかなものが、唾液とともに向こう脛をすべり動いている。

しかも、それをしているのは、思いを寄せている若女将なのだ。

「綾乃さん、あなたは素晴らしい。綾乃さん以上の女はいない」

思わず言うと、綾乃は一瞬動きを止めて、はにかんだようだった。

それから、ツーッと向こう脛を舐めあげていき、足の甲から指に向かってすべらせる。

ぐっと前に体重を載せ、小野寺の足を引き寄せて、親指を舐めてくる。

舐めるばかりか、口腔におさめた。

うぐうぐと頬張り、フェラチオでもするように吸い込む。

腰が前に出て、屹立が嵌まり込んでいるところが、いっそうよく見えた。

濡れそぼった陰唇の間に、蜜まみれの肉柱が呑み込まれている。

綾乃のためだったら何でもしてやるという気持ちがさらに湧《わ》いた。

小野寺は両手を前に伸ばして、尻をつかんだ。

ゆったりと揉みしだいた。柔らかな肉層が弾み、ぐにゃりぐにゃりとしなって、その感触が心地よい。

尻をひろげると、かわいらしいアヌスが見えた。

幾重もの皺が集まるセピア色の窄まりは、可憐な小菊のようで、愛らしい。

見られているのがわかったのか、小菊がひくひくっと収縮して、

「ぁああ、見ないで……」

綾乃が顔をあげて、きゅっと尻たぶを引き締めた。すると、膣もぐっと締まって、屹立を食いしめてくる。

それから、綾乃は前に上体を傾けたまま、両手を足について、腰を前後に揺らし、縦につかいはじめた。

「あっ、あっ……いや、いや……恥ずかしい……」

そう言いながらも、綾乃は激しく腰を上下に振って、それが抜けると、自分で屹立を握って、恥肉に押し当て、腰をおろして挿入する。

「いやいや……わたし、こんな……」

羞恥を見せながらも、腰をくなり、くなりと揺らめかせて、いきりたちを揉みしだいてくる。

綾乃は結合を果たしたまま、肉棹を軸にして、時計の針のようにゆっくりとまわって、前を向いた。

「できたら、長襦袢をはだけてほしいんだが……」

綾乃は迷っていたが、やがて決心がついたのか、最初は袖から右手を抜き、つづいて左手も抜いて、もろ肌脱ぎになった。

長襦袢が腰までさがり、乳房がまろびでた。

目を見張った。

形も大きさも素晴らしい。直線的な上の斜面を下側の充実したふくらみが持ちあげていて、透きとおるようなピンクの乳首がツンと上を向いている。

「こっちに……」

綾乃が前に屈む。

近づいてきた乳房を揉みあげると、豊かな肉層がたわみながらしなって、

「あ、あんっ……！」

綾乃が小さく喘いだ。

「感じるんだね？」

「はい……すごく」

綾乃がはにかんだ。

綾乃は旅館のために、古澤に身体を許した。好きでもない男に抱かれても、さほど感じないのではないだろうか？　だが、綾乃と小野寺は心が通じ合っている。そういう相手に抱かれたほうが、より感じるだろう。

綾乃は好意を持っている男に対しては、全力を傾けて相手に快楽をもたらそうとするのだろう。広幸に対してもそうだったように。

小野寺は胸に潜り込んで、乳房に顔を寄せる。

ぐっとつかむと、乳肌が張りつめて、青い血管が透け出してきた。

血管に沿って舌を這わせ、そのまま乳輪を舐める。

やや深いピンクの乳輪はところどころ粒立っていて、そこに舌を這わせると、

「んっ……ぁあああうぅぅ……」

綾乃は身体をよじる。

桜のように淡く色づく突起を、下から静かに舐めあげていくと、

「あんっ……！」

ビクッとして、綾乃は震え、膣がぎゅっと締まってくる。

やはり、乳首が強い性感帯なのだろう。

触れるかどうかのところで、舌を這わせると、

「ぁああ、ああうぅ……ぁああ」

綾乃は腰を揺らめかせて、屹立を締めつけながら、胸を預けてくる。

その、もっとしゃぶってとせがむような、仕草がたまらなかった。

柔らかな乳房をつかみ寄せて、先端に舌を走らせた。

上下に舐め、舌で弾く。次は横揺れさせる。

「あっ……あっ……ぁあああ、おかしくなる」

そう口走りながらも、綾乃は腰を前後に振って、屹立を締めつけてくる。

小野寺はいったん顔を離して、硬くしこってきた乳首のトップを指で捏ねた。

かるく擦り、左右に弾く。つまんで転がす。

「ぁああ、あうぅ……恥ずかしい。止まらないの」

綾乃は顔を撥ねあげ、髪を振り乱しながら、腰をくいっ、くいっと前後に打ち振った。

小野寺が左右の乳房を、腕を伸ばして、揉みしだくと、

「ぁあああ、いやいや……ぁあああ、許して……もう、許して……ぁあああ、ぁうぅぅ……」

綾乃はさしせまった声をあげて、腰を振りたくる。

いきりたちが内部で揉み抜かれ、先端が奥のほうを捏ねて、小野寺もぐっと快感が高まる。

4

小野寺は腹筋の要領で上体を立てて、正面からの座位の形で、乳房にしゃぶりついた。

うぐうぐと乳首を舐め、吸う。

「ぁああ、あああ……気持ちいいの。小野寺さんとすると、すごく感じる。感じすぎて、おかしくなる。恥ずかしいわ」

綾乃の声が聞こえる。

その間も、綾乃の腰は前後に動き、濡れた恥肉がうごめきながらイチモツを締めつけてくる。

こんなによく締まるオマ×コは初めてだ。

この美貌で、才覚があり、しかも、名器の持ち主だ。

(この人と夫婦になりたい。なってやる!)

若旦那も亡くなって二年が経つのだから、許してくれるだろう。

対面座位で乳房を揉みしだくと、綾乃は両手を後ろについて、足を開き、腰を前後に振って、恥肉を擦りつけてくる。

小野寺は自分で動きたくなった。

後頭部に手を添えて、そっと後ろに寝かせる。

ゆっくりと倒していくと、綾乃は両足を開いて曲げ、仰向けになる。

開いた足の中心では、黒々とした長方形の翳りの底に、イチモツがめり込んでいるのが見える。

小野寺は上体を立て、腕を後ろに突いてバランスを取り、ぐいぐいと腰をつかう。濡れ光る肉棹が翳りの底に出入りしていく姿がまともに見えた。

「あん……あんっ……ぁあんん……」

突かれるままに、乳房を波打たせて喘ぐ綾乃は、とてもかわいく、エロティックだ。

その姿勢から足を抜き、自分は上体を立てて、綾乃の膝をすくいあげた。

膝裏をがっちりとつかみ、押し開いた。

前に体重をかけて、ずりゅ、ずりゅっと押し込んでいく。翳りの底に血管の浮き出た怒張が嵌まり込んでいき、

「あんっ……あんっ……あんっ……」

綾乃が喘ぎをスタッカートさせて、両手でシーツを鷲づかみした。

顎をせりあげ、仄白い喉元をさらし、美乳を揺らせる綾乃を見ていると、

（この女は俺の女だ。古澤から奪い取ってやる）

強い闘争心が湧いてきて、それが打ち込みを激しくさせる。

小野寺は膝を放して、覆いかぶさっていく。

唇を合わせようと、顔を寄せると、綾乃も自分から唇を重ねる。すぐにキスが情熱的なものになり、舌と舌がからんだ。

キスの角度を変えて、舌を潜り込ませ、口腔をなぞりあげる。

静かな空気のなかで、お互いの唇を吸い、舌をからませる。

こうしていると、二人は完全に恋人同士に思える。

もう何度か身体を合わせた恋人のように感じるのは、きっと、セックスの相性がいいからだろう。

そして、キスをしている間も、膣がくいっ、くいっと締まって、イチモツを引きずり込もうとする。

(佐倉綾乃は創造主がお造りになった最高の女だ!)

小野寺は唇を離して、抱きかかえるようにして、打ち込んだ。

よく練れた粘膜が行き来するイチモツにまったりとからみついて、時々、ぎゅっ、ぎゅっと内側へと吸い込もうとする。

「あっ……あんっ……あんっ……ぁあああ、わたしを放さないでくださいね」

綾乃がしがみつきながら耳元で言う。

「わかっているさ。放さない。綾乃さんをここから救い出してみせる。一緒に逃げよう。二人で店でも持とう。いいな?」

綾乃はうなずいて、またぎゅっと抱きついてくる。

小野寺も綾乃を護るように両手で包み込み、身体を密着させて、腰を静かに動かす。

どちらからともなくキスをし、舌をねぶりあう。

背中を丸めて、乳首を舌であやす。

柔らかくて量感あふれる乳房をぐいぐいと揉みしだいた。

と、綾乃の様子が逼迫してきた。

「ぁああ、小野寺さん、わたし、また……」

「イキそうなのか?」

綾乃が小さくうなずいた。

「いいんだぞ。イッて……イカせてやる。そうら」

小野寺はがっちりと肩を抱き寄せ、覆いかぶさるように腰をつかう。

綾乃が気を遣るところを見たい。自分の男根で昇りつめていくところを、しっかりとこの目で確かめたい。そのことで、自分はもっと綾乃を愛することができる。

そのとき、綾乃が自分から両手を頭上にあげ、右手で左の手首を握った。

「手を……わたしの手を押さえつけてください」

「こうだな」

小野寺は片手で綾乃の腕を上から押さえつける。

その姿勢で、ぐいぐい押し込んでいく。

「こういう格好が好きなのか?」

「はい……」

綾乃がうなずく。

乱れた黒髪が顔を半ば隠し、目は潤みきって、男にすがりつくような表情を浮かべていた。

(いい表情をする。男にすべてをゆだねて、昇りつめようとする……惚れた女にこんな目をされたら、男は手放せなくなる)

綾乃の腕を押さえつけながら、ぐいぐいと押し込んでいく。

「あん、あん、ぁあん……ぁああ、来ます。来る……イクわ。イッていいの?」

「ああ、イッていいぞ」

力強く打ち込んだとき、

「……イク、イク、イッちゃう……イキます……やぁあああぁぁぁぁ」

綾乃は自分を解き放つような声をあげ、ぐーんとのけぞり返り、それから、震える。

膣が痙攣しているのがわかる。

だが、小野寺はまだ射精していない。

ぐったりした綾乃の足をつかんで、身体を横向きにさせる。

長襦袢のまとわりつく腰がくるりと半回転し、横を向く形になる。小野寺は上体を立てている。

足を閉じさせ、尻を突き出させると、横になった膣を突く。

この体勢は障害となるものがなく、イチモツで深々と体内をえぐることができる。

小野寺は独身だが、東京のフランス料理店で働いていたときは、結婚を誓った女がいた。彼女は東京で働いていた。

だが、小野寺が東北に移り住み、遠距離恋愛になって、徐々に二人は疎遠になり、関係は自然消滅した。

さほど落ち込まなかったのは、当時からすでに綾乃に横恋慕していたからだ。

白い長襦袢がまとわりつく腰を押さえつけて、横になった尻の底に屹立を叩き込む。

勃起が膣の側面を擦りあげながら奥に届き、

「ぁあああ、また……あんっ、あん、あんっ……」

綾乃は身体をひねったまま、顎をせりあげ、眉を八の字に折っている。

挿入感が強くなり、小野寺も一気に高まった。

綾乃は昇りつめたところをさらに打ち込まれて、もう何が何だかわからないといった様子で、突かれるがまま乳房を揺らし、身体を縮めたり、のけぞったりしている。

射精しそうだ。その前に、思いを確認したい。

「俺のほうで、古澤には直談判《じかだんぱん》する。もちろん反対するだろうが、そのときは二人でここから去る。いいね？」

「……そのときはわたしも一緒に、古澤に……」

綾乃が言う。

「わかった。綾乃さんが一緒のほうが心強い……出そうだ」

小野寺は徐々に強く打ち込んでいく。

綾乃の下になった足を踏み越して、のけぞるようにすると、さらに挿入が深くなり、ストロークをするたびに熱い塊がふくれあがった。

「行くぞ。出すぞ……」

「はい……ください。わたしも、わたしもイキます……あん、あん、あんっ……ぁあああ、また、また来る……やぁあああああ！」

綾乃が部屋に響きわたる嬌声をあげ、小野寺は止《とど》めとばかりに深いところに届かせる。

その瞬間、熱い稲妻が走り、男液が噴きこぼれた。

第六章　お仕置きの乱交

1

「ふてぇ女だ。俺という男がいながら、料理長に手を出すとは」

古澤聡は、目の前で正座していた綾乃を蹴《け》り飛ばした。

綾乃が布団に横に倒れ、緋襦袢の裾が乱れて、むっちりとした太腿や形のいいふくら脛がのぞく。

白い半衿が眩《まぶ》しい真っ赤な長襦袢の胸のふくらみには、上下に赤い綿ロープがかけられ、背中で両手首が重ねられてくくられている。

ざんばらに乱れた黒髪が、その優美な横顔にかかって、凄艶美をむんむんと放っていた。

今日、女将の政子から、綾乃が料理長の小野寺と不義密通をおかし、その上、二人で独立して、結婚するという約束まで交わしたのだと聞かされた。

小野寺の部屋の前を通りかかった政子が、女の喘ぎ声を聞き、おかしいと思って、盗み聞きした。

そこで、二人は情事を交わしながら、独立の約束まで交わしたのだと言う。放ってはおけなかった。

先手を打って、その夜、離れに二人を別々に呼び出した。

まずは綾乃を力ずくで縛り、その後、小野寺を呼んで、抵抗すれば綾乃を犯すと脅して、縛りあげた。

「やめてくれ。若女将には罪はない。俺が、勝手に誘ったんだ。悪いのは俺だ。綾乃さんには手を出すな！」

小野寺の悲痛な声がする。

小野寺は後手にくくられて、座り、その隣には湯女の美樹と歌織がつき、背後には政子が立っている。旅館の仕事が終われば、番頭の寺前もやってくるだろう。

「……惚れた女の前では格好つけたくなるよな。じゃあ、どうやって責任を取る？」

「俺は出ていく。だから、綾乃さんだけは……」

「そんなことで、綾乃を救えると思っているのか？　甘いな。料理の腕はいいが、所詮《しょせん》、格好をつけたがるバカシェフだな。正義感ぶっているが、結局は綾乃とやりたいだけだろ？」

「違う！　そうじゃない。お前のようなどうしようもない悪党から、綾乃さんを護りたい。それだけだ！」

「俺が悪党か？　誰のお蔭で、今、旅館は立ち直りつつある？　俺が金を出さなければ、この旅館はとうに潰れている！」

「お前は金に物を言わせて……お前だって、綾乃さんとやりたいだけだろ！」

「煩《うるさ》い！　女将、こいつの口をふさいでくれ。気が散る」

政子はハンカチを丸めて、小野寺の口に突っ込み、上から紫色の帯揚げを使って猿ぐつわをする。

暴れる小野寺を、湯浴み着をつけた美樹と歌織が必死に押さえつけている。

政子が最後に帯揚げを顔の後ろでぎゅっと結び、小野寺を後ろから押さえつけた。

「お前が惚れた女が犯されるのを、見ているんだな。お前にとって、綾乃は恩人である広幸の女房だろ。広幸が死んでも、恩があるはずだ。お前はその薄汚い性欲に負けて、広幸を裏切ったんだよ。美樹、歌織、ズボンを脱がしてやりな。汚いチンポをさらすんだよ」

「面白そうね」

「おチンチンがどうなるか見てみたいわ。案外、おっ勃っちゃうかもね」

美樹と歌織は、小野寺のズボンとブリーフを脱がしにかかる。

小野寺は抵抗しているが、二人がかりで下着まで脱がされて、すっぽんぽんに剝かれた。

「フニャチンを見ても、面白くないわね。美樹、歌織、しゃぶって大きくしてやりな」

政子が言って、お姉さん格の美樹が、胡座をかいた小野寺の股間に顔を埋めて、肉茎を舐めはじめた。

「ううっ……うううっ！」

小野寺は唸り声をあげて、逃れようとする。

「邪魔な足だね。歌織、足首を合わせて縛るんだよ」

政子が言い、歌織が赤い綿ロープで胡座をかいている足首を縛った。

美樹が股間のものを頬張りはじめると、肉茎が見る見る力を漲らせて、いきりたった。

それを見ていた古澤は、綾乃を座らせて、後ろから胸を揉む。

乳房は上下二段にくくられていて、せりだしている。緋襦袢をぐいと開いて、こぼれでたたわわな乳房を荒々しく揉みしだく。

「自分が抱かれた男が、湯女にしゃぶられて、あそこをおっ勃てている。どうしようもない男だよな。これでわかっただろう？　綾乃は愛されていたんじゃない。小野寺はただお前とやりたかっただけだ」

古澤は言い聞かせて、ぐいと乳首を捏ねあげる。

「くっ……！」

綾乃が顔をしかめて歯を食いしばった。

この女は自分との愛人契約を破った。江崎は自分が許可をした相手だから、いい。江崎に恩を売ったのだから。

しかし、小野寺は全然違う。

小野寺が綾乃に思いを寄せていることはわかっていた。綾乃はその思いを受け入れて、小野寺に抱かれたのだ。

しかも、二人でここを離れて、所帯を持つことさえ考えていたと言う。

許せなかった。

自分は甘く見られていた。ナメられていたのだ。

そのことが、古澤のプライドを大いに傷つけた。

「ここへの支援を打ち切ってもいいんだぞ。それでいいんだな？」

「……それは、困ります」

綾乃が答える。

「自分が去ったあとのことを考えなかったのか？　こちらが手を引くことを」

綾乃は押し黙ったままだ。

「男に溺《おぼ》れたってことだな？」

「……………」

綾乃がそれを否定しないことが、古澤の怒りに火を点《つ》けた。

「この……！」

後ろから抱えるようにして、乳房をぐいとつかみ、もう片方の手で乳首をひねりあげた。

「ぁああ、くっ……！」

「そうら、もっと痛がれ！　お前の乳首をねじ切ってやる」

両方の乳首をつまんで、押しつぶさんばかりに圧迫し、ひねる。

「ぁあああ……くっ、くっ！」

綾乃ががくん、がくんと震えて、歯を食いしばる。

結われていた髪はほどけて、長い黒髪が首すじから肩、胸元へと枝垂れ落ち、その乱れ髪が悩ましい。

綾乃は苦悶《くもん》していても、美しくエロティックだ。

それが、古澤がこの女をものにしたかった理由でもある。

「そうら……許してと言え。ゴメンなさい。あんな男にほだされた自分がバカでしたと、言え！」

綾乃はいやいやとばかりに顔を振る。

その強情さが、古澤をいっそう駆り立てた。

綾乃を後ろに寝かせて、前からかぶさっていくと、綾乃が抵抗した。

白足袋に包まれた足が躍り、燃えたつ炎のような緋襦袢がはだけて、真っ白な太腿がのぞいた。

その足をつかみ、膝裏をつかんで、持ちあげながら開かせる。

「い、いやぁあああ……！」

嬌声をあげて、綾乃はなおも抗い、足を必死に閉じようとする。

その膝をつかんでぐいと開かせ、M字に開いた太腿の奥に顔を寄せた。

「ぁああ、やめて……」

綾乃が眉を八の字に折って、哀願してくる。

しかし、上半身は二段に胸縄がかけられ、後手にくくられているから、動きは限られている。

下半身のほうも足を開かされて、上から男の体重をかけられたら、関節が決まってしまって、動けない。

「いい格好だぞ……いやらしいオマ×コだな。ひくひくしてるぞ。ここに小野寺のチンポをぶち込まれて、よがっていたらしいな。上品な顔をしているのに、やることはスベタだ」

言葉でなぶると、綾乃はそれは違うとでも言うように首を左右に振る。

「違わない。こうすると……」

ビロードのような翳りの流れ込むあたりに舌を這わせる。ぬるっと舐めあげると、

「あっ……！」

綾乃の腰がびくっと震える。

「腰が撥ねたぞ。綾乃は俺が嫌いだろう？　大したものだな。唾を吐きかけたい男にクンニされても、お前は感じる」

両膝を押さえつけたまま、狭間に沿って舐めあげた。

いやなはずなのに、綾乃はびくびくっと震えて、腰を揺らめかせる。

何度も粘膜に舌を走らせ、肉びらも舐める。

その頃には、ふっくらとした陰唇が開き、内部の赤い粘膜が姿をあらわしていた。

一方の肉びらの内側に舌を走らせ、唾液を塗り込んでいく。ぬるっ、ぬるっと舌がすべって、花びらがいっそう開き、

「いや、いや……」

と、首を左右に振っていた綾乃が、

「あっ……あっ……あうぅぅ！」

顎を突きあげた。

さらに、内側の粘膜を舌でなぞりあげ、その勢いを利して、上方の肉芽をぴんと撥ねあげると、

「ぁあああうぅぅ……！」

綾乃は甲高い喘ぎを長く伸ばして、下腹部をせりあげる。

「そうら、感じてきた。いやらしくオマ×コを突きあげて……心ではいやと思っ

ても、身体が応えてしまう。この肉体がお前自身を裏切っていく」

言い聞かせる。綾乃はそれは違うとでも言うように首を左右に振っているが、心のなかでは、思い当たるものがあるはずだ。

花園の上方でせりだしている突起にしゃぶりついた。思い切り吸い込むと、

「ぁあああ、許して……」

綾乃が哀切な声を出す。

「許してだと……綾乃は感じてしまうと、そう言う。お前の『許して』は、『もっとして』と同じなんだよ」

綾乃の抵抗が弱まった。胸に突き刺さるものがあったのだろう。

古澤は舌で位置をさぐり、包皮をかぶったピンクの肉芽を下から上へと舐めあげていく。それを繰り返し、徐々にピッチをあげていくと、自然に包皮がめくれて、濃い珊瑚色の本体が姿をあらわした。

クリトリスがそれとわかるほどにふくらんで、ぬめ光っている。

肉色の真珠を横に弾き、さらに、上下に舐めあげていくと、綾乃の気配が変わった。

「あっ……あっ……ぁあああぁぁぁ……！」

もう羞恥心も快感の前に消えたのだろうか、激しい喘ぎを長く伸ばして、腰をがくん、がくんと上下に打ち振った。

2

古澤は顔をあげて、怒張を濡れ溝に押し当てる。

こんな状況なのに、いや、この状況だからこそ、分身はいきりたっている。

膝裏をつかんで押しつけ、動けないようにして、一気に打ち込んだ。

硬直が窮屈な入口を押し広げていき、粘膜がぎゅ、ぎゅっと締めつけてきた。

さらに押し込むと、

「うはっ……！」

綾乃は顎をせりあげ、眉根を寄せる。

きつきつのオマ×コが、ざわめきながらいきりたちを包み込んでくる。

「そうら、入ったぞ。どうだ、惚れた男の前で犯される気分は？」

深く沈めたまま、訊く。

「……何も、何も感じません」

ぐちゅ、ぐちゅと屹立が女の祠を行き来して、分身があっという間に蜜まみれになる。

古澤は膝裏をつかんで、押し広げながら、抽送を開始する。

「そうかな?」

「うっ……うっ……うっ……」

「締めつけてくるぞ。綾乃のオマ×コがうれしそうに締めつけてくる」

綾乃はいやいやとでも言うように顔を左右に振る。

古澤は腰を引き、打ち込んで、強いストロークをつづける。切っ先が粘膜を擦
りあげながら、奥にぶち当たって、

「あんっ……あんっ……あんっ」

綾乃は奥に届くたびに声を洩らして、顔をのけぞらせる。

古澤は片方の足を放し、乳房をつかんだ。

綾乃は乳首が感じる。ここで、一気に性感を昂らせたい。

量感あふれる乳房を揉みしだき、頂の突起をつまんで転がす。トップを指腹で
なぞり、また転がす。

そうしながら、深いストロークをつづけていると、綾乃の様子がそれとわかる

ほどに変わってきた。

「ぁあああ……ぁあああぅぅ……」

八の字に折れていた眉の間がひろがり、うっとりと陶酔したような表情になった。持ちあげられた白足袋の親指がぎゅうと外側に反り、内側へと折り込まれる。首の横振り動きがおさまり、もたらされる歓喜を味わうように顎が縦に動く。仄白い喉元がさらされ、あらわな乳房も揺れる。

綾乃の変化を感じ取ったのだろう。

周囲も急に静かになって、ここにいる者のすべてが、綾乃が昇りつめていくさまを見届けようとしている。

古澤は片方の足を伸ばして抱え、斜めからの体位で打ち込んでいく。

ぐいぐいと押し込みながら、衝撃が逃げないように手で肩を引き寄せる。

勃起と膣の角度がぴたりと合って、肉棹が粘膜を斜めに擦りあげながら、子宮口まで届き、

「ぁあああぁぁ……ぁあああぁぁ……」

綾乃は理性を失ってしまったような喘ぎを長く伸ばして、顔をのけぞらせつづける。

（そうら、これが綾乃なんだよ。お前の肉体が意志を裏切っていく）

古澤はコハゼを外して、白足袋を脱がせる。

ほっそりとして形のいい足だ。その親指を頰張って、しゃぶった。

「ぁああ、やめて……やめ……ぁあうぅぅ！」

「そうら、今、オマ×コがぎゅと締まったぞ。おおぅ、すごいな。吸い込まれるぞ。チンポがぐいぐい手繰りよせられる」

古澤は親指を吐き出して言い、足裏を舐める。

踵から足指へと土踏まずの曲線を舌でなぞりあげながら、腰を突き出して、勃起を打ち込んでいく。

「ぁあああ……あんっ！　ぁああ、あんっ！」

陶酔と衝撃を交互に見せて、綾乃が高まっていく。

陶然として快楽の海にたゆたい、もう周囲のことは見えなくなっているのだろう。

一線を越えようとしている美女ほど、昂奮するものはない。

古澤は足を放して、覆いかぶさっていく。

真っ赤な長襦袢をさらに開くと、乳房が完全にこぼれでる。

上下をくくられた乳房には、赤いロープが食い込み、くびりだされて、いっそうたわわに見える。

丸々としたふくらみは白く張りつめて、青い血管が走り、乳首だけがツンと上を向いていた。

揉みしだくと、柔らかなふくらみがぐにゃぐにゃと形を変えながら、しっとりとした乳肌が指腹に吸いつき、触れたところが赤く染まる。

古澤は背中を曲げて、乳首を舐める。頭を擡げている乳首の周辺に舌を這わせる。

硬貨大の乳輪を舐めながら、触れるかどうかのところで乳首にも舌を接すると、その微妙な触れ具合が感じるのだろう。

「あっ……あっ……あうぅぅぅ、あうぅぅぅ」

綾乃は悩ましく喘ぎながら、下腹部をせりあげる。

大きく足をM字に開いて、屹立を深いところに導きながら、もっと欲しいとでも言うように、静かに恥丘を押しつけてくる。

その欲望をあらわにする腰の動きが、古澤をいっそう駆り立てる。

期待に応えて、打ち込んだ。

乳首を舐めながら、短いストロークで屹立を往復させると、ぐちゅ、ぐちゅと卑猥な音がして、

「あっ、あっ、あっ……」

綾乃は身体を前後に揺らせて、喘ぎをスタッカートさせる。

（そうら、感じてきた……！）

今度は本格的に乳首を吸った。

チューと吸いあげ、吐き出した。唾液まみれの乳首は痛ましいほどにしこり勃っている。

淡いピンクの突起を舐め転がしながら、下腹部をぐいと密着させる。さらに、乳首を甘嚙みすると、

「くうぅぅ……許して。くうぅぅ……」

綾乃が奥歯を食いしばった。

同時に、膣肉もくい、くいっと締まって、怒張を内側へと招こうとする。

「そうら、締まってきたぞ。綾乃は痛みを与えると、オマ×コが締まる……ほら、今度は後ろから嵌めてやる」

古澤はいったん結合を外して、綾乃を這わせる。

後手にくくられている綾乃は、もう抗うこともできずに、布団にうつ伏せになる。その腰を持ちあげた。

燃えるような緋襦袢をまくって、半帯に留めると、豊かな尻がまろびでた。尻も大きい。ウエストは細いのに、そこから、急峻な角度で尻がひろがっている。

着物も似合うが、この体型なら、セクシーなドレスも合うはずだ。

胸も立派だし、今度、綾乃を企業のパーティに連れていこう。

胸と背中が広く開いたドレスを着せたら、幹部連中も蜜に集まる昆虫のように寄ってくるだろう。

鼻の下を長くしたやつらは、綾乃に肉体でおもてなしされたら、イチコロだろう。

バーンと張りだしたハート形のヒップの谷間に、微塵の変形もない清楚《せいそ》なアヌスがひくつき、その下には、凌辱《りょうじょく》を受けた肉の花がひろがって、膣口が締まりきらずにわずかに内部をのぞかせている。

その鮭紅色にぬめる粘膜のひくつきが、古澤の分身をますます力強くさせる。

いきりたちを埋め込みながら、尻を引き寄せると、

「あうぅ……！」

綾乃は顔を撥ねあげて、後手にくくられた手指をぎゅっと握りしめる。

「さっきより、随分と濡れてるな。ぬるぬる、ぐちゃぐちゃじゃないか。これで、わたしは感じていませんと言い張っても、戯言《たわごと》にしか聞こえないんだよ」

古澤はゆったりと打ち込んでいく。

とろとろに蕩けた粘膜が波打ちながら、からみついてくる。

その感触を満喫していると、小野寺の呻き声が聞こえた。

そちらを向くと、胡座をかく形で縛られた小野寺は、股間のものを歌織にしゃぶられ、後ろから美樹に乳首を責められながらも、

「ううっ……うおおっっ……！」

目を血走らせて、何か言っているが、猿ぐつわを噛まされているので、言葉にならない。

「綾乃、見てみろ。小野寺はお前が犯されているのを見て、あそこをおっ勃てているぞ。見るんだよ！」

尻を平仕打ちすると、綾乃はおずおずと横を見て、小野寺がフェラチオされて、勃起させているのを確認したのだろう。

いやっとばかりに顔をそむけた。

「わかっただろう？　あいつの正体が。あんなやつは見捨てて、ここの若女将として精進しろ」

言い聞かせていたとき、襖《ふすま》が開いて、番頭の寺前が姿をあらわした。

この状況を見て、びっくりしたように目を見開いている。

「寺前さん、仕事は終わったんですか？」

声をかけた。

「ええ……終わりました」

「そこで、見ていてください。若女将が気を遣るところを」

寺前が、政子の隣で呆然《ぼうぜん》と立ち尽くしているのを見て、綾乃を仕留めにかかる。

後手にくくられている上体を持ちあげて、斜め後ろから突きあげながら、乳房を揉みしだいた。

寺前が加わって、いったん忘れていた羞恥心が芽生えたのだろう。

「いや、いや、いや……」

と、綾乃が首を左右に振る。

だが、乳首をいじりながら、強く突きあげていくと、

「あっ……あっ……ぁああんん……」

聞いているほうがおかしくなるような喘ぎをこぼして、顔をのけぞらせる。

「そうら、これが綾乃なんだよ。お前は、恥ずかしければ恥ずかしいほどに燃える。恥辱を快楽に変えることができる。そうだよな？」

綾乃は無言のままだ。

古澤はたっぷりと唾液をつけた右手をおろしていき、結合部に接したクリトリスをいじる。

くりくりと転がしながら、斜め下から突きあげてやる。

そうしながら、左手で乳房を荒々しく揉みしだき、乳首を捏ねる。

それをつづけていると、綾乃の身体ががくん、がくんと震えはじめた。

上体を斜めに持ちあげながら、もっと深いところにください、とばかりに尻を後ろにせりだしてくる。

「いつもながら、貪欲だな。番頭の見ている前で、物欲しそうにケツを突き出して……」

つづけざまに突きあげると、

「あんっ……あんっ……ぁあああ、もう、もう……」

綾乃がさしせまった声をあげる。

「もう、何なんだ？　イキそうなんだな？　イクんだな」

綾乃は首を左右に振る。

「身体は感じていても、頑固だな。みんなの前で、そこだけは譲れないか……くだらない見栄は捨てて、素直になったらどうだ？　楽になるぞ」

乳房を荒々しく揉みしだき、クリトリスを転がしながら、強く突いてやる。

「あん、あんっ、あんっ……ぁあああ、許して……あうぅぅ」

「ダメだ、許さない。イクんだろ？　いいんだぞ。そうら、身を任せろ。楽になれ」

「んっ、んっ、んっ……ぁあああ、あああああ、いや……くっ、くっ……！」

「そうら、イケ！」

ぐんと強烈なストロークをみまったとき、

「うはっ……！」

綾乃は凄絶《せいぜつ》な声を噴きこぼして、のけぞり返り、それから、がくん、がくんと身体を震わせて、気絶したように前に突っ伏していく。

後ろから支えて、そっと倒し、腹這いになった綾乃をなおも突いた。

オルガスムスから回復した綾乃は、おそらく無意識だろう。尻をぐっと持ちあげて、深いストロークをせがんでくる。

「そうら、見てるか？　小野寺。お前の恋人が尻を突きあげて、もっと欲しいと言っているぞ」

上からのしかかるようにして、打ち込むと、

「イク、イク、イキます……うはっ！」

綾乃は尻をいっそう高く持ちあげながら昇りつめ、それから、ぐったりとシーツに下腹部を落とした。

3

「寺前さん、いいですよ。若女将を犯してください」

古澤が提案すると、寺前がエッという顔をした。

「ほんとうはしたいんでしょ？　時々、若女将を男の目で眺めていたじゃないですか？　美樹、番頭さんのものをしゃぶってあげなさい」

目を剝いている寺前に、美樹が近づいていく。

立ち尽くしている寺前のズボンのバックルをかちゃかちゃと外し、ブリーフと

ともに脱がした。

「いけません。これは……あっ、くっ！」

最初はいやがっていたのに、美樹にぱっくりと頬張られて、寺前が唸る。

男など、みんなこうだ。

フェラチオに抵抗できる男などいやしない。

世の中で最強の女は、フェラチオの達者な女である。

美樹のフェラチオは一級品だから、寺前などはひとたまりもないだろう。

六十八歳の肉棹が見る見るそそりたち、その屹立したイチモツを美樹がじゅる、じゅるると吸いたてる。

「くっ……おっ……ぁあぁぁぁ」

寺前が普段は見せない顔をさらして、天井を仰いだ。

美樹はもう逃がさないとばかりに、根元を握ってしごき、余った部分に唇を往復させる。

手を離して、唇を根元まですべらせて、バキュームフェラで吸いあげる。

ここまできたら、寺前も挿入したくなっているはずだ。

「寺前さん、そろそろしたくなったでしょ？　いいですよ。綾乃とやって」

「しかし……」

　寺前はためらっている。

「寺前さんはきっちりと仕事をこなしてくれている。そのお礼ですよ。綾乃は小野寺とここを出ようとしたんですよ。裏切ろうとしたんですよ。寺前さん、ナメられているんです。ここで、自分が男だってところをきっちりと見せたほうがいい。そうしないと、ナメられたままですよ」

　古澤は寺前の気持ちをかきたてるようなことを言う。

　寺前もこの旅館を実務的に取り仕切っている管理職だから、こう言われると、その気になるはずだ。

　古澤は、布団にぐったりと腹這いになっている綾乃の尻を持ちあげて、

「早く！」

　けしかける。

　寺前は劣情に負けたのか、これまでとは一転していそいそと近づいてきた。

　寺前も男。綾乃を抱きたいに決まっている。ここの男性スタッフで、綾乃を抱きたくない者などいやしない。

「番頭さん、やめてください……正気に戻ってください」

綾乃が首をねじって、寺前を見あげた。

「騙されちゃいけませんよ。綾乃は我々を裏切ろうとしたんだ。こういう女には思い知らせるしかありません。騙されてはダメです」

古澤が言うと、寺前はうなずいて、綾乃の後ろで膝立ちになった。

すぐに入れるかと思ったが、寺前は顔を近づけて、クンニをはじめた。

色白の双臀の底をぬるっ、ぬるっと舐める。

「あっ……くっ……やめて……番頭さん、やめて……」

綾乃が腰を逃がそうとする。

その腰をがっちりとつかんで、古澤は耳元で囁《ささや》いた。

「最初に撮った写真。あれを流すぞ。いいんだな、それで」

切り札を出すと、ぴたりと綾乃の動きがやんだ。

女は男以上に周囲の目を気にする。あのはしたない写真を関係者に見られるくらいなら……と、とっさに考えたのだろう。

寺前が顔をあげて、腰を引き寄せ、打ち込もうとした。

だが、ひさしぶりで、膣の位置も正確にわからないのだろう。二度、三度と試みて、弾かれる。

やがて、挿入の仕方を思い出したのか、尻たぶの谷間に沿って亀頭部をおろしていき、膣口を見つけたのだろう。

ゆっくりと腰を突き出していく。亀頭部が入口を割って、寺前は「くっ」と顔を持ちあげる。

「あっ……！」

綾乃もがくんと顔をのけぞらせた。

番頭のイチモツが綾乃の体内にすっぽりと嵌まり込んでいる。

「おおぅ、何だ、この締めつけは……」

寺前はびっくりしたように言って、くっと奥歯を食いしばる。

綾乃のオマ×コの抜群の締め具合に、驚いているのだ。

「たまらん……たまらんよ……おおぅぅ！」

うっとりと目を細めながらも、腰を突き出す。

「うっ、うっ、うっ……」

綾乃が低く、呻いた。それが、

「あん、あんっ、あんっ」

弾んだ喘ぎに変わるのに、そう時間はかからなかった。

上下二段の胸縄をかけられて、後手にくくられた綾乃が、緋襦袢を乱して、乳房をあらわにし、番頭に後ろから突かれて、喘いでいる。

それを見ていると、また股間のものがギンとなった。

「綾乃には参ったよ。番頭さん相手によがりやがって……ほら、咥えろよ」

古澤は綾乃の前にまわって腰をおろし、いきりたつものを綾乃の顔面に押しつける。

いやいやと顔を振る綾乃の鼻をつまんで、呼吸を封じると、綾乃の口が開いた。

そこに、勃起を突っ込んでいく。

ぐふっ、ぐふっと噎せながら、綾乃は怒張を咥え込んでいる。

たまらなかった。

古澤は乱れ髪をつかんで、綾乃の顔を押さえつけ、ぐいぐいと屹立を差し込んでいく。

綾乃は寺前に後ろから突かれるたびに、苦しそうにえずきながらも、古澤の勃起を頬張りつづける。

「上と下の口にイチモツを突っ込まれるのは、どんな気分だ？　燃えるだろう。お前の正体はわかっている。素直に悦べよ。考え方を変えるだけで、天国へ行けるぞ」

古澤はそう言って、怒張を突きあげる。

じゅぶっ、じゅぶっとイチモツが口腔をえぐりたて、白い泡を含んだ唾液がたらりと落ちて、古澤の陰毛を濡らす。

信頼していた番頭に裏切られ、後ろから犯されながらも、憎い男のシンボルをしゃぶらされる気分はどうなのだろう？

悔しいに違いない。自分を恨んでいるに違いない。

綾乃の心中を察すると、気持ちが高まる。

男の呻き声がして、そちらを向くと、小野寺が押し倒されて、その上に美樹がまたがろうとしていた。

「ジタバタするんじゃないよ。チンコ、ずっとおっ勃てているくせに。こんなにギンギンにされたら、こっちだってやりたくなるよ」

美樹がましくたてて、小野寺の腹をまたいだ。

ギンといきりたつものを、尻の底に導き、ゆっくりと腰を落とす。

肉柱が美樹の尻の底に姿を消して、

「ぁあうぅぅ……！」

美樹が顔を撥ねあげる。

「……こいつのチンコ、けっこうデカいよ……なるほど。若女将はこのデカチンに骨抜きにされたってわけね。いい男だし、料理の腕はあるしね。ねえ、わたしと一緒になろうよ。いいでしょ？」

小野寺を誘惑しながら、美樹が腰を振る。

白い湯浴み着の裾をはしょっているから、むっちりとした尻が見える。

小野寺は後手にくくられて、足首をひとつに縛られている。抵抗できずに、されるがままだ。

美樹に腰を振られて、「うう、ううううっ」と呻いている。

「ほら、見てみろ。お前の男があそこをおっ勃てて、湯女にやられているぞ。どう思う？」

古澤はいったんイラマチオをやめ、綾乃の顔をねじって、二人を見させた。それを見た綾乃の目から、一粒の涙がこぼれ落ちた。

「俺は女の涙に同情はしない。逆に昂奮するんだよ」

そう言って、古澤は髪をつかんで顔をあげさせ、ふたたびイチモツを口にねじ込んでいく。

「うっ……うっ……うっ……」

綾乃は寺前に後ろから突かれて、身体を前後に揺らしながら、古澤の怒張を咥えている。

古澤が位置を変えると、イチモツが頬の内側を突いて、片方の頬がふくらみ、それが移動する。

綾乃はあふれだした涙で頬を濡らしながらも、されるがままで二人に犯されている。そのとき、

「あん、あん、あんっ……ぁああ、オッキい！」

若い歌織の声が聞こえる。

見ると、美樹と代わった歌織が、小野寺の上に乗っかって、大きすぎる尻をぶんぶんまわしていた。

呻いている小野寺を見ているうちに、いい考えが閃《ひらめ》いた。

（うん、これはいい！）

それを実行に移すために、寺前に言った。

「寺前さん、そろそろ終わりでいいだろ？」

「えっ……いや、まだ……」

「もう充分だろう！」

にらみつけると、寺前は腰の動きを止め、名残惜しそうに離れる。

古澤も口から怒張を引き抜く。

つっかい棒を外されたように、綾乃がどっと横に崩れ落ちた。

4

古澤は提案した。

「これから、小野寺に綾乃を犯させる」

「えっ……別れさせようって相手と、わざわざさせることはないんじゃないのかい？」

さっきから部屋の隅に立って、様子を見守っていた政子が口を挟む。

「女将、わかってないな。このまま別れたって、昨夜《ゆうべ》の情事はいい思い出として、二人に残るだろう？　それじゃあ、困るんだよ。我々の見ている前で、屈辱的なセックスをさせるんだ。そうしたら、昨夜のいい思い出が、かき消されるだろ？　違うかい？」

「まったく、あんたはほんとうの悪党だね。わたしにはとてもそんなことは考えつかないよ」

政子が呆れたように言う。

（それが、あんたの限界なんだよ）

古澤はそう思ったが、それは言わずに、

「歌織、もういいだろう。悪いけど、綾乃と代わってくれ」

歌織に声をかける。

「ええ、もっとしたいんだけど……」

「いいから、代われ！」

歌織がしょうがないなという顔で、小野寺の上からおりた。

だが、小野寺のイチモツは蜜にまみれながら、そそりたっている。

古澤は近づいていって、小野寺の猿ぐつわを外してやる。

「ロープを解いてやるから、綾乃を犯せ」

「……できるはずがないだろ！」

小野寺が怖い顔でにらみつけてくる。

「だったら、いいんだぞ。これをネットで流す」

古澤はスマホの写真を見せる。

それは、初めて綾乃を犯したときに撮ったもので、男のイチモツを打ち込まれて、喘いでいる綾乃の顔がはっきりと映っている。

次々と写真を見せていくと、小野寺の顔色が変わった。

「お前……！」

「これを、ネットで流されたら、綾乃はどうなる？　恥ずかしくて、もう一生人前には出られないんじゃないか？　それで、いいんだな」

小野寺が唇を噛んで、きりきりとにらみつけてくる。

「わかった。なら、いい。まずは、この写真を旅行社のうちの旅館のページに、投稿写真として載せるかな」

古澤がスマホを操作しはじめると、

「やめろ！」

小野寺が制してきた。

「わかった。やれば、いいんだろ？」

「ああ……お前、何かうれしそうだな。まあ、いい……女将、ロープをほどいてやってくれ」

政子が腕と足のロープを解いて、小野寺が自由になった手を撫でる。

「まずは、仁王立ちフェラチオさせろ。やれよ！」

古澤が叱咤すると、小野寺が布団にあがり、ぐったりとしていた綾乃を座らせ、その前に立った。

「悪い……綾乃さん、悪い……咥えてくれ」

綾乃はためらっていたが、やがて、いきりたつものにそっと唇をかぶせていく。

小野寺を見あげながら、ゆったりと顔を打ち振る。

「大した女だな。美樹と歌織のマン汁だらけなのに、小野寺のチンポなら、文句も言わずにしゃぶるんだな」

綾乃はちらりと古澤を見たが、動揺は見せずに、情熱的に唇をすべらせる。

（くそっ……！）

腹が立った。

だが、後手胸縄をかけられて、緋襦袢から乳房をさらしながらも、男のイチモツを頬張る綾乃の姿は、官能美に満ちていて、自分は結局、綾乃のこの凄艶な姿を見たいのだな、と思う。

綾乃はイチモツを吐き出すと、顔を傾けて、まるで見せつけでもするように、裏筋をツーッ、ツーッと舐めあげる。

（くそっ、くそっ、くそっ！）

怒りと嫉妬が入り交じって、イチモツがぐんと頭を擡げてくる。

それを目撃した美樹が、古澤の前にしゃがんで、いきりたつ肉柱を綾乃と同じように舐めあげ、頬張ってくる。

「くっ……！」

古澤はフェラチオの甘美な快感に酔いながらも、綾乃から視線を外せないのだ。

綾乃は裏筋を舐めあげて、そのまま亀頭部を頬張った。ぐっと奥まで咥え込んで、頬を凹ませて、吸いあげる。

それから、顔を打ち振って、唇を大きく往復させる。

長い黒髪が乱れ散って、隙間からのぞく美貌はぼぅと朱に染まり、Oの字に開いた唇が肉棹にまとわりつく。

唸っていた小野寺が、腰を引いて、綾乃を布団に横向きに寝かせた。

後ろにつき、バナナの房のような形になり、いきりたつものを尻の底にめり込ませていく。

「ぁあああぁ……！」

綾乃が喘いで、顔をのけぞらせた。

横臥した小野寺が盛んに腰をつかい、

「あっ……あっ……あっ……」

綾乃は喘いで、のけぞりながら、がくん、がくんと顔を揺する。緋襦袢のはだけた尻をもっととばかりに後ろに突き出して、

「あんっ、あんっ……ぁあああ、いいのぉ」

古澤に聞かせようとしているのだろうか、悩ましい声をあげる。

（くそ、絶対にわざとやっているな！）

そのとき、小野寺が体位を変えた。

綾乃を這わせ、尻をあげさせ、後ろから挿入した。

「おおぅ、綾乃さん、綾乃さん……！」

名前を呼んで、何かにとり憑《つ》かれたように激しく勃起を送り込む。

「あんっ、あんっ、あんっ……ぁあああ、小野寺さん、イキそう。綾乃、イキそう……！」

綾乃の逼迫した声を聞いた途端に、古澤は我慢できなくなった。

美樹のフェラチオを振り切って、ずかずかと近づいていく。

「調子に乗りすぎなんだよ！」

がんと小野寺を蹴った。

それでも、必死にすがりついている小野寺の体をつかんで、引き剝がした。なおも挑もうとする小野寺を、女三人が押さえつける。

古澤は、そぼ濡れて赤い祠をのぞかせている綾乃の膣に、勃起を打ち込んでいく。

「ぁああああっ……！」

悲鳴をあげる綾乃の腰をつかみ寄せて、つづけざまに叩きつけた。

気を遣る寸前だった綾乃は、もはや抗うこともできないのか、

「あんっ、あんっ、あんっ……」

と、凄絶に喘いでいる。

古澤は後手にくくられている箇所をつかんで、ぐいと引き寄せる。そうしながら、えぐり込む。

「そうら、イッていいんだぞ。お前はみんなの見ている前で、気を遣る恥ずかしい女だ。イケよ。オラッ！」

ぐいぐい押し込んだ。

とろとろに蕩けた膣の粘膜が、ざわめきながら勃起を締めつけてくる。溜《た》まっていたものが一気にふくらんで、射精前に感じるあの熱い高揚感が体を満たした。

「出してやる。綾乃のなかに出してやる。そうら……！」

つづけざまに叩き込んだとき、

「……あん、あんっ、あんっ……やぁあああああぁぁぁ！　くっ」

気を遣ったのだろう。

綾乃がのけぞりながら、細かく震えた。

駄目押しとばかり奥に届かせたとき、古澤も放っていた。

ドクッ、ドクッとしぶく精液を、綾乃は痙攣しながら受け止め、放出を終えると、精根尽き果てたように前に突っ伏していく。

古澤は勝ち誇って、小野寺を見る。

仰向けに倒された小野寺に美樹が馬乗りになって、腰を縦につかい、

「あん、あん、あん……」

と、撥ねていた。

第七章　肉体のおもてなし

1

『残雪の宿』の離れにある個室の風呂で、綾乃が湯女として江崎重雄の痩せた体を洗っている。

白い湯浴み着はお湯を吸って、透け出し、赤い綿ロープが亀甲縛りの形で浮かびあがっていた。

あれから、小野寺は旅館を辞めさせられて、新しい料理長が来た。

そして、『残雪の宿』は湯女制度をはじめとする様々な建て直し案が功を奏して、客足を取り戻しつつあった。

古澤の手足となって実質的に旅館を切り盛りしているのは、女将の政子と番頭の寺前で、綾乃は経営にタッチしていなかった。

綾乃はあれから、旅館の広告塔として、テレビに出たり、インターネットの映像に出演している。そして、ＶＩＰを相手に湯女をして、『肉体のおもてなし』

をするように強制されていた。

今も、ひさしぶりにやってきた江崎の湯女をして、背中を流し、股間を洗っている。

「あんたも随分と成長したな。さっきも亀甲縛りをいやがらなかった。以前はまだ硬いところがあったが、どんどん柔らかくなって、色っぽさが増した。おもてなしが板についてきた。心境の変化かな？」

背中を流されながら、江崎が言う。

「さあ、どうでしょうか？　何はともあれ、今はお客さまに悦んでいただけるように、誠心誠意尽くしております」

そう言って、綾乃は手を前にまわし、乳房を押しつけながら、ソープを胸板へとなすりつけていく。

江崎の言うように、自分は変わったのかもしれない。

以前は男に乳房を押しつけるなどできなかったが、今はそれをすることに抵抗がない。

それればかりか、亀甲縛りで秘芯に深々と食い込んだ股縄《またなわ》の存在を、愛おしいとさえ感じてしまう。

「あそこを洗ってくれないか？」

江崎が言って、綾乃の手を股間に導いた。

綾乃は石鹼《せっけん》まみれの手で、硬い陰毛と陰部をなぞる。

そこは、まだ柔らかい。

やはり、七十八歳の江崎はすぐには勃起しないのだろう。

たとえ硬くなっていなくても、男のイチモツを大切なものに感じる。

「ちょっと待ってくれ」

江崎がいったん立ちあがり、綾乃のほうを向いて、洗い椅子に腰かける。

「もう一度、お湯をかぶってくれないか？」

「はい……」

綾乃は桶にお湯を汲んで、それを肩にかける。

温かいお湯が身体を伝い、湯浴み着に沁み込んで、赤い縄化粧がいっそう透け出すのがわかる。

「たまらんな。極上だよ、綾乃さんは」

何かにとり憑かれたような目をして、江崎が手を伸ばして、湯浴み着の上から乳房を揉み込んでくる。

「そうら、乳首が勃ってきた」

自分でも、そこだけ色の違う突起がツンとせりだして、濡れた白い布を押しあげているのが見える。

江崎の指が伸びて、突起を弾く。

指腹で上下に擦られ、つまんでくりっと転がされると、峻烈な疼きが走って、

「んっ……んんんっ、んんんっ……ぁああああうぅぅ」

思わず声が洩れてしまう。

「どんどん硬くなってくる。面白いな、女の身体は……カチカチだ」

江崎が顔を寄せてきた。

湯浴み着越しに乳首を吸われると、身体が勝手にびくん、びくんと撥ねてしまう。

「ああ、オッパイはいいな。歳をとるほどに、オッパイが恋しくなる」

江崎が湯浴み着に手をかけて、衿元を広げながら、ぐいと押しさげた。

綾乃が袖から手を抜くと、もろ肌脱ぎになって、赤い亀甲が縦に並んだ上半身があらわになる。

江崎の施した亀甲縛りは、首から伸びた亀甲の形に編まれた赤いロープが縦に

走って、股間を深々と割っているものの、腕はくくられてはいない。

江崎はその乳房に顔を埋め、

「柔らかくて、大きい。男の故郷じゃよ。ぁああ、たまらん……」

甘えたように言って、ずりずりと頬擦りする。

綾乃はそんな江崎が愛おしくなって、江崎の顔を抱き寄せて、白くなった髪を撫でる。

と、江崎が乳首に吸いついてきた。

赤子のように、チューチュー吸い、吐き出して、舐めしゃぶってくる。

「あっ……あっ……ぁあああぅぅぅ」

疼きが快感に変わり、綾乃は恥ずかしい声をあげていた。

乳首をかわいがられると、どうしても腰が動いてしまう。

両膝をついた姿勢で、くなり、くなりと腰が揺れる。

それに気づいたのか、江崎が手をおろし、湯浴み着をまくりあげるようにして、股縄をつかみ、引きあげる。

赤いロープが深々と秘苑を割り動き、ロープの瘤《こぶ》にクリトリスを擦りあげられて、

「あっ……あっ……あああ、恥ずかしいわ。いや、いや……」

そう言いながらも、綾乃は股縄の動きに合わせて、下腹部をせりあげ、後ろに引く。

「ふふっ、すごい感じようだ。あんた、ますます感じやすい身体になったな」

江崎は二本のロープが縦に走る股縄の狭間に指を入れて、恥肉に触れ、

「ぬるぬるしてるぞ」

そう言った次の瞬間、江崎の指が体内に潜り込んできた。

「ぁああっ……！」

膣を割られる衝撃で、綾乃はのけぞっていた。

江崎は乳房に貪りつき、乳首を舐めながら、骨ばった指で体内を掻きまわしてくる。

「ぁああ、江崎さま、こんなところでいけません。まだ、洗いが……」

「そうやって、適度にストップをかけられると、ますます燃える。綾乃さん、男心を操る術《すべ》が身についてきたな。まあ、前から持っていたがね……そうら、ぐちゅぐちゅ言っているぞ。あんたのオマ×コが悦んでいる」

江崎は鼻息荒く、乳首を吸い、感じるポイントを指で擦りあげてくる。

「いけません……ダメ……あっ、あっ、あううぅぅぅ」

知らずしらずのうちに、腰が揺れて、指を感じるところに導いていた。そのとき、

「んっ……！」

江崎が指の動きを止めた。

「勃ってきたぞ」

見ると、ソープが付着した肉茎が頭を擡げていた。

「今だ。頼むよ」

綾乃は手を伸ばして、それを握りながらしごいた。

泡だった石鹸がぬるぬると擦れて、肉茎がどんどん力を漲らせてくるのが、手のひらにはっきりと伝わってくる。

「キスしてくれ」

江崎に頼みごとをされると、その願いを叶《かな》えたくなる。

綾乃は唇を合わせて、舌をつかう。かさかさの唇を唾液で濡らし、男の舌に舌をからめていく。

江崎も舌をつかい、さらに、綾乃の舌を吸う。

強く吸われて、綾乃はその痛みに呻く。

手のひらのなかで、肉棹がギンとしてくるのがわかる。

唇を合わせながら、指でしごいた。

包皮を亀頭冠にぶつけるように上下に擦ると、それとわかるほどに熱くなり、浮きあがった血管がドクン、ドクンと脈打っている。

綾乃はキスをやめて、お湯をかけ、江崎の身体についた石鹸を流した。

それから、胸板から下半身へとキスをおろしていく。

「おっ、くっ……そのまま強く握って、しごきながらしゃぶってくれ」

江崎の声が聞こえた。

綾乃は根元を握ってしごきあげながら、亀頭部を頬張り、ゆっくりと唇をすべらせる。

「おおぅ、硬くなってきた。今だよ。綾乃さんとしたいんだ。あんたのあそこにこれを打ち込みたい」

七十八歳の有力者が必死に哀願してくる。

「待ってろ」

江崎が腰で留めてあるロープをゆるめた。

股縄の締めつけが弱くなり、綾乃は洗い椅子に座っている江崎の太腿を正面からまたぐ。

いまだそそりたっているものをゆるんだ股縄の狭間に擦りつけると、ぬるっ、ぬるっと亀頭部が狭間をすべっていき、

（ああ、こんなに濡らして……！）

少し前までは、それを屈辱に感じた。しかし、今は違う。

恥ずかしいけれども、これが自分なのだと受け入れることができる。

屹立を導いて、慎重に沈み込んでいく。

逞しい男の剣が自分の体内を押し割ってきて、その楔を打ち込まれたような鈍い圧迫感が甘やかな快感に変わって、身体を満たす。

「ぁあああああ……！」

顔を撥ねあげながら、江崎にしがみついた。

肩に手を置いて、少しのけぞると、屹立で子宮口を突かれて、峻烈な電流が走る。

「ぁあああ、いいの……いいんです……」

上体を後ろに倒して、肩につかまり、腰を振った。

亀頭部で奥のほうを捏ねられて、そこから脳天にまで響きわたるような鋭い快感が押しあがってくる。

「おおぅ、たまらん……あんただけだ。チンコが勃つのは」

江崎がギョロリとした目を細める。

それから、乳房に顔を埋めてくる。

綾乃の身体を腋の下から手を入れて、支えながら、胸のふくらみに顔を擦りつけ、乳首をしゃぶる。

自分でも敏感だと思う乳首を舐められ、吸われると、その悦びが下腹部にもおりていって、腰が動いてしまう。

と、胸から顔をあげて、江崎が言った。

「自分で動きたい」

綾乃はうなずいて、周囲を見まわす。総檜風呂のなかは狭く、湯船からは白い湯けむりがあがっている。

江崎が立ちあがって、言う。

「すまない。その前に、しゃぶってくれんか？」

綾乃はその前にしゃがみ、肉茎を頬張る。

自分の愛蜜が付着しているが、それは気にならない。

すっぽりと咥えて、大きく強く唇をスライドさせると、それがまた力を取り戻した。

「今だ！」

江崎が言う。

綾乃は湯船の縁につかまって、ぐいと尻を持ちあげる。

江崎が後ろに立ち、湯浴み着の裾をはしょって、腰を走るロープに留めた。きっと、今、赤いロープが背中や尻で菱形《ひしがた》に編まれているのが、見えているだろう。恥ずかしい。しかし、ぞくぞくした戦慄が走る。

江崎はいきりたちを尻の谷間に沿っておろしていく。次の瞬間、熱いものが押し入ってきた。

「あうぅぅ……！」

峻烈な快美感がひろがる。

「おおぅ、夢のようだよ。あんたしかおらんのだ。あんたしか……」

江崎が唸りながら、打ち込んでくる。

「あんっ……あんっ……あんっ……」

長いイチモツが出入りするたびに、快感の風船がふくらんでくる。

「きれいだぞ。縄化粧がたまらん……あんたのなかに、おチンチンが嵌まってるぞ。アヌスがひくひくしてる。そうか、ここにも欲しいか？」

江崎が指でアヌスをなぞってくる。

「ぁああ、そこはいやです……」

「いやには見えないんだけどな……そうら、きゅん、きゅん窄まって、イソギンチャクみたいだ。こうすると、気持ちいいだろう？　ここにチンコをぶち込まれたくなるだろう？」

江崎が周辺から窄まりを指で円を描くようにさすってくる。

「いや、いや……」

そう口では言いながらも、綾乃はぞくぞくっとした快美感を抑えられない。

「今日こそは、ここを貫いてやるからな……たまらん……」

つづけざまに後ろからえぐられて、アヌスを柔らかくなぞられると、切なさの塊が身体のなかでふくらんできた。

（ああ、イクんだわ）

衆人環視のもとで犯されて、何度も気を遣ってから、自分の身体は変わってしまった。

今も、アヌスをいじられ、後ろから打ち込まれて、絶頂に駆けあがろうとしている。

「いや、いや、いや……」

口ではそう言うものの、身を心も昇りつめたくてしょうがない。

（イカせて……わたしをイカせて！）

湯船の縁をぎゅっと握って、ぐいと尻を突き出していた。

そして、もっととせがむように腰を振る。

（あさましい……！）

だが、口を突いてあふれたのは、

「ぁああ、もっともっとちょうだい……イキそうなの。イキそうです」

という言葉だった。

「イカせてやる。イキなさい」

江崎が息を切らしながらも、強く叩き込んでくる。

その一撃、一撃が綾乃の性感を昂らせる。

「イク、イク、イキます……！」

「そうら！」

江崎にぐいと奥まで突きあげられて、

「くっ……！」

綾乃は背中を反らせる。

身体の内側が外側へとめくりあげられるような快美感とともに、頭のなかがぐずぐずになるような絶頂感が走り抜けていく。

ふっと意識が途絶えて、気づいたときは、洗い場に崩れ落ちていた。

2

離れの部屋で、江崎重雄は床柱を背にして、亀甲縛りされた綾乃の姿を酒の肴《さかな》にして、熱燗《あつかん》を呑んでいた。

（美しい。こういうのを凄艶美と言うのだろうな）

ぐびっと熱燗を空けると、温かい日本酒が臓腑《ぞうふ》に沁みわたる。

綾乃は両手を頭上でひとつにくくられ、その手を上から吊られている。

耳を澄ますと、ジージージーという低い音が聞こえる。綾乃が時々、内腿をよじりあわせ、腰をくねらせる。

膣にはバイブが押し込まれているからだ。

お尻の穴にも、アナル拡張用のプラグが嵌まっている。

温泉につかっていっそう艶めかしさを増した白い肌は、新たに施した亀甲縛りの赤い縄で化粧され、股間に走る二本のロープがバイブとアナルプラグを抜けないように押さえつけていた。

根元を見せる電動バイブは絶え間なく振動しながら、くねくねと内部を掻きまわしている。

我慢できないとでも言うように、綾乃の腰が泳ぐ。

うつむき、長い黒髪を垂らして、両手を吊りあげられた綾乃は、日本の責め絵そのもので、これこそが自分が求めていたものだという気がする。

江崎は高校を出て、不動産会社に就職し、そこで様々な不動産のからくりを会得し、独立した。

事業に失敗した社長の広大な土地と屋敷を安く買い受け、その後、不動産を転がし、資産家と呼ばれるまでになった。

金に物言わせて、手当たり次第に女を抱いた。

二度の離婚を経験し、三番目の妻とは長くつづいたが、その妻も五年前に亡くしていた。

その後も、性欲だけは衰えず、次々と女に手を出したものの、肝心なものが言うことを聞かなくなった。

そんななか、綾乃を相手にするときだけは、イチモツが元気になった。

綾乃は古澤の愛人だが、他にもＶＩＰを相手にこの身体で接待をさせられていると聞く。

羨《うらや》ましい限りだ。

自分の愛人に、仕事上の有力者相手に身体のおもてなしをさせることは、我々のような種族にとっては、最高の悦びなのだ。

だが、古澤くらいの若僧などどうにでもなる。

機を見て、古澤から引き離し、綾乃を自分の女にする。こんないい女を自分だけが抱くのはもったいないから、そのときは、古澤のように綾乃には仕事相手に肉体接待させよう。

いずれにしろ、今夜は綾乃のアナルバージンを奪うつもりだ。

「ほんとうにあなたは美しい。綾乃さん以上の女はいないよ。この世で最高の女だ」

褒めると、綾乃はちらりとこちらを見て、はにかんだ。

どんな女でも褒められれば、うれしい。気を許す。

無理やり従おうとさせても、プライドの高い女ほど抗う。しかし、褒めれば、存在を認めてやれば、意外とついてくるものだ。

江崎はぬるくなった熱燗を口いっぱいに含んで、近づいていく。

亀甲に縛られ、両手を頭上でくくられている綾乃の顎をあげさせ、キスをする。

口移しに酒を呑ませると、綾乃はこくっ、こくっと喉を鳴らして嚥下《えんか》する。

口角についている酒を指で拭ってやり、

「美味しいだろ？」

訊くと、

「はい……」

綾乃がアーモンド形の目を向ける。

江崎はふたたび唇を合わせ、舌を求めると、綾乃がおずおずと舌を差し出してくる。からめると、綾乃も情熱的に舌を動かす。

縛られたまま、舌をからませる女の気持ちはどうなのだろう？　それを思うと、江崎は妙に高まる。

キスをおろしていき、乳首にキスを浴びせる。

さらに含んで、吸い、ねろりねろりと舌をからませる。

「んっ……んっ……ぁあうぅぅ」

綾乃が声を洩らして、くなっ、くなっと腰をよじる。

量感あふれる胸のふくらみを揉みしだき、乳首を攻める。

それから、前にしゃがみ、股縄をゆるめて、バイブの根元をつかんだ。

ゆっくりと出し入れすると、ぐちゅぐちゅと卑猥な音がして、黒光りするバイブが見え隠れする。そして、綾乃は、

「ぁあああ、あああうぅぅ……」

抜き差しに合わせるように腰を前後に揺すった。

あふれだす愛蜜で、赤いロープまでもが濡れて黒ずみ、バイブも妖しいほどにぬめ光っている。

浅瀬を幾度も往復させると、

「ぁあああ……！」

綾乃はもっと奥にとばかりに、恥丘をせりだす。

「どうした？　奥に欲しいのかな？」

「……はい……」

綾乃が恥ずかしそうに答える。

強い締めつけを感じながら、バイブを奥のほうへと送り込み、ぐりぐりと捏ねる。

「ぁああ、あうぅぅ……苦しい」

綾乃が眉を八の字に折った。

「苦しいが、気持ちいいだろ？」

江崎はバイブの根元から伸びたクリトリス用の二枚のベロを、翳りの底の陰核に押し当てた。

細かく震動するふたつのベロがクリトリスを挟みつけるように刺激して、

「ぁあああああ、くっ……ぁああ、あうぅぅぅ！」

綾乃がさしせまった声をあげて、のけぞる。

「奥をぐりぐりされて、クリを刺激されると、そんなに気持ちいいのか？」

「……はい……ぁあああ、許して……ぁああうぅぅ、イキそう」

「いいんだぞ。バイブで気を遣るところを見たい」

根元についたスイッチをスライドさせて最強にすると、綾乃の肢体が震えはじめた。

「イクんだな？　気を遣るんだな？」

「はい……はい……ぁあああああ、イキます……やぁああああぁぁぁぁぁぁぁぁぁぁ！」

綾乃は嬌声を噴きあげ、弓なりに反り、それから、がくん、がくんと躍りあがった。

3

ぐったりした綾乃を布団に連れていき、亀甲縛りを解いて、後手胸縄にくりあげた。

色白のむっちりとした肌をところどころ朱に染めて、真っ白なシーツに横臥する綾乃は、乱れ髪が顔に散り、むんむんとした被虐美に満ちている。

「素晴らしい。あんたほど縄化粧が似合う女はいないな。色が白くて、肌が張っているから、縄がよく食い込む」

江崎は片方の足をつかんで、持ちあげる。すっと一直線に伸びた足は、太腿はむっちりと充実しているが、膝から先はすっと伸びて、たおやかだ。

とくに、足指がほっそりとして、美しい。

足をつかんで、踵から土踏まずを舐めあげていく。

「ぁあああ……いけません。汚い」

綾乃が半身になって、江崎を見る。その潤みきった瞳が悩ましい。

「綾乃さんの身体で汚いところなんかひとつもない。こうしていると、至福を感じる。あんたは心も身体も美しい」

「いえ……わたしなんか……」

「きれいだよ。辱められても、穢されない女はいるんだ。あんたがそうだ。あんたはどこまで行っても、美しい」

足裏をツーッ、ツーッと何度も舐めあげる。

「あっ……あっ……」

綾乃は震えながらも、足指を反らせ、逆に内側に折り曲げる。

江崎は左手で足をつかみ、舌を這わせながら、右手で太腿からふくら脛へとな

ぞりあげる。それを繰り返していくうちに、

「あっ……ぁあああうぅぅ……恥ずかしいわ。こんなになって……」

綾乃はブルブルと震えて、羞恥で顔をそむける。

その恥じらう様子を鑑賞しながら、親指へと舐めあげていく。

きゅっと内側に曲げられた親指の裏側に舌を這わせると、それが伸びてくる。

頬張り、なかで舌をからませる。

「ぁああ、あああうぅぅ……」

綾乃はされるがままで、足指を頬張られ、顎をせりあげる。

感じているのだ。

もちろん、羞恥心は取れないだろう。だが、その恥ずかしいところを愛玩されることによって、綾乃はいっそう燃える。

足指を頬張ってしゃぶり、その後も人差し指と中指……と一本ずつ丁寧に舐めしゃぶっていく。

その頃には、漆黒の繊毛を張りつかせた恥丘が、ぐぐっ、ぐぐっとせりあがってくる。

江崎はもう片方の足指も丹念にしゃぶる。

ねぶり終える頃には、綾乃は陶酔の極致なのか、うっとりと目を瞑って、顎を突きあげていた。

色白のきめ細かい肌が全体に桜色に染まり、上下にかけられた胸縄でくびりだされた乳房は青い血管が網の目のように透け出し、乳首は痛ましいほどに尖っている。

そろそろ、アナルセックスをしてもいい頃だ。

江崎は足を放し、綾乃をシーツに這わせる。

尻をぐいと持ちあげると、

「ぁあああ……！」

綾乃は期待に満ちた声をあげて、腰を突きあげてくる。

赤いロープで胸縄をかけられ、両手を背中で後手にくくられた綾乃。その尻は丸々として充実しており、尻たぶの谷間では紫色のアナルプラグの表面がガラスのようにきらきらと輝いていた。

「取るぞ……」

「ぁああ、抜かないでください」

「抜いた途端に洩らしそうになるか？　洩らしたら洩らしたで、それも一興……」

江崎は装飾の施された部分をつかんで、慎重に引き抜いていく。

食いしめてくるアヌスの力を感じながら、力を込めると、楔のような形をしたプラグが外れて、

「ぁあああぁぁぁ……！」

綾乃は快美に満ちた声を洩らす。

「抜いた瞬間、気持ち良かっただろ？」

綾乃はうなずいて、

「でも、怖いわ……」

「大丈夫。たっぷりと潤滑剤をつかえば、するりと入る。私を信じなさい」

そう言って、用意しておいたローションを取り出す。

幾重も皺を集めた窄まりは微塵の型崩れもなく、小さくまとまっている。

だが、ローションを周囲から中心へと塗り込んでいくと、ぬるっ、ぬるっとすべって、

「ぁあああ……」

窄まりがひくひくとうごめいて、閉じたり開いたりする。

開くと、内部のピンクの粘膜がわずかにのぞき、その鮮やかな色彩が江崎を駆り立てる。

自分でもなぜかわからないが、アナルセックスが好きだった。

力ずくで尻を犯して、もうあなたと逢うのはいやです、と女が去っていったこともある。それでも、好きなものは止められない。

ローションをたっぷりと使って、アヌスを揉みほぐしていく。

「いや、いや……」

と、尻を引こうとする綾乃を、大丈夫だから、と言い聞かせて、中心を揉みほぐした。

イソギンチャクのように敏感に反応して、窄まり、逆にひろがる器官が愛おしくてならない。アヌスは女性器のように濡れないが、反応は強い。

この怯えたような鋭いうごめきを見ていると、ここに勃起を打ち込みたくなる。

ローションでぬめる中指をそっと押し当て、ドリルの原理でまわすようにして徐々に力を加えていく。ぷつっと括約筋がほぐれる感じがあって、中指がぬるぬるっと内臓に嵌まり込む。

「うあっ……！」

綾乃は低く呻き、そのまま、急所を鷲づかみされたように、動かなくなった。

「そうら、入ったぞ。苦しいか？」

「はい……ぁああ、出てしまう」

「何が出そうなんだ？」

綾乃はいやいやをするように首を振る。

「大丈夫だ。指でふさいでいる。それに、あんなぶっといものをヒリだすんだから、指一本くらい何でもないだろう？　力を抜きなさい。そうすれば、痛くないはずだ……深呼吸をして。そうだ。吸って……吐いて……」

すると、綾乃は江崎の指示に合わせて、呼吸をする。

そのたびに、アヌスが閉じて、開き、指に感じる圧迫感が変化をする。

指をゆっくりと時計回りにまわして、窄まりをほぐしていく。

粘膜がまとわりついてきて、

「くっ……くっ……」

綾乃は奥歯を食いしばっている。

時間をかけて揉みほぐした。

それから、江崎は後手胸縄をほどき、自分は仰向けになって、綾乃にシックスナインの形でまたがらせる。

目の前に尻たぶがせまり、その間の可憐なアヌスがやや開いて、内部のピンクをのぞかせながらも、ローションでぬめ光っている。

「このままだぞ。力を抜いて」

江崎は半透明の細いアナルバイブを慎重に押し込んでいく。

「くうぅぅ……！」

綾乃がつらそうに呻く。

苦しいのだろう。中指の数倍の太さがある。だが、この苦しみが徐々に快感へと変わっていくのだ。

バイブを放しても、肛門括約筋ががっちりとホールドして、アヌスに挿入されたまま落ちない。

江崎はスイッチを入れてバイブを振動させ、ゆっくりと抜き差ししながら、言った。

「綾乃さん、私のをしゃぶって、大きくしてくれないか？」

ややあって、綾乃が下腹部のイチモツをつかんで、しごきながら、舐めてくる。

アナルバイブの振動を感じながら、抜き差しすると、肛門括約筋がからみつくようにして伸びて、そのうごめきが江崎を昂奮させる。

「今だ。しゃぶってくれ」

綾乃は肉茎に唇をかぶせて、ゆったりと顔を打ち振る。

どんどんイチモツが力を漲らせてきて、硬くなるほどにフェラチオが気持ち良くなり、相乗効果でますます硬く、いきりたってくる。

ジュブッ、ジュブッと綾乃は大胆に根元まで唇をすべらせ、引きあげる。

時々、根元をつかんで、ぶんぶん振る。

すると、分身が完全に力を漲らせた。

（今だ……！）

江崎は綾乃の下から抜け出て、いきりたつ肉棒にローションをたっぷりと塗り込んだ。

それから、アナルバイブを抜き、代わりに肉棹を押し当てる。

アナルバージンを奪うには、イチモツがその難所を突破できるだけの硬さを保っていなければいけない。

（今の俺にできるか？　絶対にできる。俺は、綾乃のアナルバージンをもらう！）

綾乃に深呼吸をさせ、吐いた息を吸い込むその瞬間を狙って、ぐいと屹立を押し込んでいく。

ぬるりとすべって、撥ねられた。

(くそっ……俺はできる!)

不安を追い払って、また呼吸の継ぎ目を狙って、押し込んでいく。

上へと逃げそうになる勃起を上から押さえ込みながら、腰を進めると、とば口がほどけて、嵌まり込んでいく確かな感触が伝わってきて、

「ぁあああ、裂けるぅ!」

綾乃がシーツを鷲づかみにして、顔を撥ねあげた。

「入ったぞ。綾乃さん。あんたのケツに俺のチンコが入ったぞ!」

江崎は歓喜のなかで、アヌスの強い締めつけを感じる。

「苦しいか?」

綾乃がうなずく。

「力を抜いて! 深呼吸して!」

「はい……」

綾乃がゆっくりと息を吐き、吸う。

深呼吸するたびに、括約筋がきつくなったり、ゆるんだりして、勃起を包み込んでくる。

（とうとうやった……俺は綾乃さんのアナルバージンを奪った！）

この歳になっても、女のバージンを奪うことには悦びを感じる。

（自分もやれば、まだまだできる……！）

下を見ると、綾乃のぷりっとした尻の谷間にいきりたつ分身が嵌まり込んでいて、それが膣ではなく、アヌスに入っていることに、いつもながら感動してしまう。

「動かすぞ」

綾乃がそれは無理とばかりに、小さく頭を振る。

「大丈夫。ゆっくりだから。力を抜いて……そう。それで、いい……ぁああ、締まってくる。なかが温かくて、粘膜がからみついてくるぞ」

静かにストロークをする。

肛門括約筋が行き来する肉棹にまとわりつくようにして伸び、

「くっ……くっ……やめてください……あっ、くっ……」

綾乃が今にも泣きださんばかりに言って、シーツをいやというほど握りしめる。

アヌスは膣のようにはすぐに感じない。しかし、引き出すときに、括約筋が外側にまくれあがり、それが気の遠くなるような快感を生む。

じっくりとストロークをする。

綾乃は盛んに顔を左右に振っていたが、ゆっくりとした抜き差しを繰り返しているうちに、

「あっ……あっ……ぁあああぁぁ」

と、陶酔した声をあげるようになった。

括約筋がめくれあがる快感がわかってきたのだ。

(すごい女だ。身体中が性感帯なんだな……大した女だ)

江崎はますます綾乃を手放したくなくなる。

(そのうちに、古澤から奪ってやる)

そう心に誓いながら、腰を引き寄せる。

綾乃はその格好が楽なのか、両手を前に投げ出すようにして、低い姿勢を取り、持ちあげられた尻を貫かれている。

湾曲した背中、くびれたウエスト、急峻《きゅうしゅん》な角度でひろがった尻……。

陶器のような光沢を持つ白い肌が、全体に桜色に染まって、その色合いが艶め

かしい。

4

江崎はアナルセックスをしたまま、綾乃を横臥させ、自分も後ろから張りつくようにして、先ほど使っていたバイブをつかんだ。

黒光りするバイブは亀頭冠や反り具合などリアルな男根の形をしている。

「前に、入れるぞ」

「無理です。無理……」

綾乃が首を振る。

「大丈夫。いったん受け入れてしまえば、すぐに気持ち良くなる。前から後ろから、犯されたいと思わないか？　足を持って」

綾乃に上になった足を開かせて、支えさせる。

黒光りするバイブを翳りの底に慎重に押し込んでいくものの、緊張のためなのか、すぐには入らない。

それでも、ローションを塗ってすべりをよくし、力を込めると、それがぬるり

と嵌まり込んでいき、

「くっ……！」

綾乃が大きくのけぞった。

「そうら、入った」

根元のスイッチを入れると、膣のなかでバイブが唸りながら、頭部をくねくねと旋回させる。

その振動とくねりが、隔壁を通じて、江崎のペニスにもはっきりと伝わってくる。

「ぁあああ……許して……許してください……ぁあうぅぅ」

綾乃は自らの足をつかんで開きながら、泣き声で哀願してくる。

「許さない。今のこの体験を全身で受け止めなさい。前と後ろにペニスを咥え込んで、どう感じる？　素直になれ。妙なプライドは捨てるんだ。身を任せたらいい。新しい世界が開けるぞ。そうら、身をゆだねなさい」

耳元で言い聞かせた。

じっとして待っていると、綾乃の腰が動きはじめる。

「ぁあああ、あああうぅぅ……」

陶酔した声をあげて、尻を後ろに突き出し、前に引く。

その動きが徐々に大きくなっていく。

「答えなさい。気持ちいいか？」

「……はい。気持ちいい……」

「どんなふうに？」

「前と後ろに詰まっていて……苦しいの。すごく苦しいの……でも、気持ちいい……崩れていくわ。わたし、おかしくなる……ぁああぁ、あああぁ……」

「そうだ。それでいい……」

江崎は静かにバイブを抜き差ししながら、腰をつかう。

きつきつの裏門を、怒張が犯し、行き来する。

括約筋はゆるみ、潤み、そこを突いていると、まるで、女性器そのものを貫いているような錯覚をおぼえる。

（これで、綾乃は変わる。完全に変わる……）

ぐいとバイブを根元まで挿入して、クリトリス用のベロを陰核に当てた。

と、綾乃がぶるぶると震えはじめた。

「今、綾乃さんはアヌスとヴァギナとクリトリスを攻められている。女性は三箇所まで感じることができる。気持ちいいだろ？　気が触れてしまうほどに……答えなさい」

「はい……おかしいの。わたし、わたし……ぁあああ、どんどん良くなってくる。怖い……」

「怖がらなくていい。綾乃さんには私がついているじゃないか。私を信頼しなさい。身をゆだねなさい」

江崎はバイブを押し当てながら、腰をつかって、アヌスを攻める。

と、綾乃の様子が逼迫してきた。

「ぁあああ、ああああ……イキそう。きっとイクんだわ」

「いいんだぞ。気を遣りなさい。天国に行け」

「ぁああ、ああああああ……イク、イク、イッちゃう……やぁあああああぁぁぁぁぁぁ、くっ、ぁあああ！」

昇りつめたのだろう。

前と後ろから串刺しにされたまま、がくん、がくんと躍りあがり、やがて、がっくりとして微塵も動かなくなった。

仰向けになった江崎に綾乃がまたがってきた。

いまだ元気なものをつかんで、翳りの底に導き、ゆっくりと腰を沈めてくる。

それが根元までおさまると、

「ぁあああぅぅ……」

綾乃は悩ましい表情を見せ、腰を前後に揺する。

両膝をぺたんとシーツについて、腰を振る綾乃——。

江崎は思っていたことを言う。

「綾乃は最高のおもてなしを身につけた。これからのあんたの生き方を教えよう……綾乃は変わった。もう、受け身はやめるんだ。あんたのような才色兼備な女は、考え方次第でもっと大きくなれる。もっと伸びる……いいか、男を手のひらの上で転がせ。そして、戦うんだ。戦って、勝て。いい子では勝てないぞ。悪女になれ。そして、男を手玉に取れ。綾乃なら、できる。私も綾乃のためなら何でもする。何でもしてやる」

綾乃は上から江崎を見つめ、言った。

「では、古澤さまをここから追い出していただけませんか？」

まさかのことを口にする綾乃の表情は柔和で、笑みさえたたえている。

「江崎さまにトップを代わっていただければ、もっとこの旅館はよくなります」

「……いいだろう。古澤を追い出してやる。あいつとはこれまで随分と一緒に仕事をしてきた。あいつも外には出せない悪辣《あくらつ》なことをしてきている。他人には言えない秘密を隠している、それを公開するぞと脅せば、ここから手を引くだろう」

「信用していいんですね？」

「ああ……ただし、そのときは……」

「はい……江崎さまなら、わたしは心から愛することができます」

真剣な表情で言って、綾乃が前に倒れ、顔を寄せてきた。

江崎を慈しむように見て、唇を合わせてくる。

濡れた舌が唇をなぞり、歯列を割って、舌を求めてくる。舌をからめながら、江崎の髪と背中を撫で、引き寄せた。

情熱的なキスを終えて、綾乃が顔をあげた。

そして、江崎の胸板を押さえつけるようにして、腰を振りはじめる。

長い黒髪が枝垂れ落ちて、それをかきあげて片側に寄せながら、腰を前後に打

ち振る。濡れ溝を腹部に擦りつけて、

「あっ……あっ……ぁあああ、気持ちいい」

潤みきった瞳を向ける。

「綾乃、古澤を追い出してやるからな」

「……江崎さまならおできになります」

そう言って、綾乃は腰を縦に振る。

持ちあげた尻を一気におろし、すぐにまた持ちあげる。

そこから、落とし、今度は腰をまわす。

腰をグラインドさせて、江崎を見つめ、また腰を持ちあげる。

「……あんただけだ。あんたを相手にしたときだけ、勃起する」

そう言って、江崎は下から腰を突きあげる。

大きく足をM字に開いた綾乃が、その姿勢で屹立を受け止めて、

「あんっ……あんっ……あんんっ……」

甲高い声で喘ぐ。

それから、ゆっくりとまわって、後ろを向いた。

ぐっと前に屈む。

江崎には、充実した尻たぶの底に、信じられないほどにそそりたつイチモツが嵌まり込んでいるのが見える。

綾乃の舌が向こう脛を這いだした。

足をツーッ、ツーッと舐めあげながら、その動きを利用して、腰を揺らめかせる。

「おおぅ、天国だ」

江崎が吼えると、

「天国に行かれては困ります」

そう言って、綾乃が江崎の足指をしゃぶりはじめた。

（完）

三交社文庫
SEJ-041

秘湯の未亡人女将

2021年4月15日　第一刷発行

著　　者　霧原一輝
発 行 者　岩橋耕助
編　　集　株式会社メディアソフト
〒110-0016
東京都台東区台東4-27-5
TEL. 03-5688-3510（代表）　FAX. 03-5688-3512
http://www.media-soft.biz/
発　　行　株式会社三交社
〒110-0016
東京都台東区台東4-20-9　大仙柴田ビル2F
TEL. 03-5826-4424　FAX. 03-5826-4425
http://www.sanko-sha.com/
印　　刷　中央精版印刷株式会社
装丁・DTP　萩原七唱

※本作品はフィクションであり、実在の人物・団体・地名とは一切関係ありません。

ISBN978-4-8155-7541-0